ना

## नागपाश

क्या कोई लौ है अब भी...
जो क्षीण किरण दे आशा की?
आज़ादी को डसा नाग ने,
न्यायतन्त्र फँस गया...
'नाग' के चंगुल में।
फिर भी कब तक मौन रहोगे
सहते जाओगे तुम कब तक?
...या फिर
लहू नहीं बहता है,
बहता नाली का गन्दा जल
दूषित जो हो गया
जुल्म और अत्याचारों को

सहते-सहते
जिसमें आता नहीं उबाल
और न होती
कोई हलचल।
इसीलिये जूँ नहीं रेंगती
और निरर्थक हो जाते हैं,
शब्द सभी...अर्थों समेत।
बोलो, बोलो...
क्यों चुप हो?
क्या कोई लौ है अब भी
जो क्षीण किरण दे आशा की?

एक त्रासद दौर का जीवन्त दस्तावेज 'नागपाश'—सुशील कुमारसिंह का एक और सशक्त राजनैतिक व्यंग नाटक।

# नागपाश

सुशील कुमार सिंह

वाणी प्रकाशन का 'लोगो'
विख्यात चित्रकार मक़बूल फ़िदा हुसेन की
कूची से



ISBN : 978-81-8143-992-5

वाणी प्रकाशन
21-ए, दरियागंज, नई दिल्ली-110002
द्वारा प्रकाशित

फोन : 0091#11#23273167, 23275710
फैक्स : 0091#11#23275710
ई-मेल : vaniprakashan@gmail.com
vani_prakashan@yahoo.com
वेबसाइट : www.vaniprakashan.in

प्रथम (वाणी) संस्करण : 2009
द्वितीय संस्करण : 2010

आवरण : वाणी प्रकाशन
जयभारत प्रिंटिंग प्रेस, शाहदरा, दिल्ली-110032
द्वारा मुद्रित

मूल्य : 100.00

NAGPASH
*by* : Sushil Kumar Singh

# नागपाश

'सिंहासन खाली है के' ख्यातिनामा नाटककार सुशील कुमार सिंह का एक और सशक्त राजनैतिक व्यंग नाटक जो आपातकाल में साहसपूर्वक गली-कूचों, खेत-खलिहानों में भी उत्साही तथा निर्भीक कलाकोंण द्वारा खेला गया और अत्यन्त लोकप्रिय हुआ लेकिन व्यवस्था इसे कैसे स्वीकार कर सकती थी? इसके प्रदर्शनों पर रोक लगा दी गयी और लेखक के पीछे खुफिया तन्त्र।

इस बहुचर्चित नाटक के अनाम पात्र एक समूची व्यवस्था, परिस्थिति, भयावह, आतंक, दमघोंटू वातावरण, उत्पीड़न आदि के बीच घोर निराशाजनक अन्धकार में भी टिमटिमाती रोशनी को किरणों की ओर बढ़ना चाहते हैं।

तत्कालीन समाचार-पत्रों की प्रतिक्रिया इस नाटक के मंचनों पर कुछ इस तरह रही :

* **दैनिक जागरण, कानुपर**

  सुशील कुमाार सिंह का 'नागपाश' एक प्रश्नचिह्न है...आपातकाल से पूर्व, आपातकाल के दौरान और आपातकाल के बाद की स्थितियों तथा व्यवस्था पर तीखा प्रहार 'नागपाश' उन स्थितिगों उन मुट्ठी भर लोगों को निवस्त्र धारण करता है जिन्होंने अपने स्वार्थ की रक्षार्थ सारे राष्ट्र को एक भयानक 'नागपाश' में जकड़ दिया था।...नाटककार का प्रश्न—शासन बदला, सत्ता बदली, पर उनसे कुछ कल्याण हुआ न जनता का जो अब तक बैठे थे गद्दी पर... क्या उनसे भी कुछ होगा? जो अब आकर बैठे हैं?

* **आज, कानपुर, वाराणसी**

  सुशील कुमार सिंह कृत 'नागपाश' आपातकालीन स्थितियों की भयानक तस्वीर पेश करता है। यह नाटक परम्परागत नाटकों से

भिन्न प्रतीक शैली में उस अँधेरे दौर की विद्रूपमय त्रासदी का जीवन्त दस्तावेज तथा व्यवस्था को झकझोर देने वाली एक सीधी कार्यवाही भी है।

* **जनयुग, नई दिल्ली**

सत्ता में रह कर उसका दुरुप्रयोग करने वालों के खिलाफ यह एक ज़ोरदार आवाज़ है। जनता का मोहभंग अब नये हुक्मरानों के प्रति हो चुका है। दर्शकों द्वारा नाटक का उत्साहपूर्ण स्वागत इसका स्पष्ट प्रमाण है।

नागपाश

## पात्र

❑

प्रथम मंचन 'शिल्पी', कानपुर द्वारा 3 सितम्बर, 1977, को कानपुर के मर्चेंट्स चैम्बर प्रक्षागार में सम्पन्न हुआ।

स्त्री : शोभा अग्रवाल

एक : पीयूष विद्यासागर

दो : परिमल भौमिक

तीन : पीयूष कान्त

चार : प्रदीप अग्रवाल

पाँच : भानु दत्तात्रेय

संगीत : शम्भु मित्रा, दृश्यबंध : अरुण श्रीवास्तव

प्रकाश : विनोद श्रीवास्तव, निदशन : राजेन्द्र सिंह

**(मंच के पृष्ठ भाग में अर्द्धचन्द्राकार दुतरफा ढलान वाला प्लेटफार्म जिसके बीचों बीच आगे की ओर सीढ़ियाँ भी उतरती हैं। पीछे मध्य में बाँसों का मोटा झुण्ड जिसके चारों ओर भद्दा-मोटा साँप लिपटा है, ऊपर फैला हुआ फन। मंच पर अँधेरा।**

**क्रमशः नीले प्रकाश में स्त्री को घेरे पाँचों पुरुष दिखाई देते हैं।)**

**सभी** : **(स्त्री को छोड़कर)** अँधेरा!
घोर अँधेरा!
अँधेरा!
घोर अँधेरा!

**तीन** : प्रकाश दो!

**चार** : उजाला करो!

**पाँच** : रोशनी दो!

**स्त्री** : खामोश! अँधेरा बेहतर है।

**एक** : चुप रहो!

**दो** : तुम अँधेरे का फायदा उठाना चाहती हो।

**स्त्री** : बको मत, उजाले में असलियत खुल जायेगी। सब नंगे दिखाई दोगे।

**एक** : कोई डर नहीं।

**दो** : कौन देखेगा हमें?

**तीन** : नंगा देखने के लिए आँखें चाहिए।

**चार** : वह किसके पास हैं?

**पाँच** : उजाला करो।

**चार** : प्रकाश दो!

**तीन** : रोशनी करो!

**दो** : रोशनी!

**एक** : उजाला!

**चार** : प्रकाश!

**स्त्री** : नहीं, अँधेरा रहने दो। यही बेहतर होगा।

**एक** : बकवास करती है!

**दो** : मारो इसे!

**सभी** : मारो...मारो...!

**(स्त्री भयभीत)**

**एक** : जान से मार दो!

**दो** : कत्ल कर दो!

**स्त्री** : **(चिल्लाती है)** जान से मत मारो...कत्ल मत करो।

**(बचाव के लिए छटपटाती है। सभी क्रूर होकर घेरा कसते हैं)**

**स्त्री** : जाने दो मुझे...

**चार** : जाओ कबूतरी...

**तीन** : किये देते हैं छुट्टी!

**(गड़ाप् से पीठ में छुरा भोंक देता है। स्त्री चीख मारकर गिर पड़ती है। सभी हतप्रभ से हो जाते हैं)**

**एक** : **(अविश्वासपूर्वक)** मर गयी?

**दो** : अच्छा नहीं हुआ।

**तीन** : तुम्हीं ने कहा था।

**चार** : बकवास बन्द करो। लाश ठिकाने लगाने की सोचो।

**तीन** : पड़ी रहने दो म्युनिसपैलिटी वाले उठा ले जायेंगे।

**दो** : उसके पहले तुम्हारे बाप आकर तुम्हें ले जायेंगे और देंगे तुम्हें–

**एक** : सजा-ए-मौत!

**चार** : सजा-ए-मौत!

**पाँच** : सजा-ए-मौत!

**तीन** : (**सहम कर**) यह गलत है।

**दो** : यह सही है।

**एक** : यह सही है।

**चार** : यह सही है।

**पाँच** : यह सही है।

**तीन** : तो फिर?

**दो** : भागो...

**एक** : भागो...

**चार** : भागो...

**पाँच** : भागो...

**(सभी भागने के लिए मुड़ते हैं किन्तु एकाएक अब तक बेजान पड़ी स्त्री का ठहाका सुनकर अपनी-अपनी जगह पर भागने की मुद्रा में स्थिर हो जाते हैं, भयभीत से। स्त्री हँसते हुए धीरे-धीरे उठकर खड़ी होती है और सीधे दर्शकों को सम्बोधित करती है)**

**स्त्री** : माफ कीजिए, अगर आपके पास आँखें हैं तो आप इन्हें साफ-साफ देख सकते हैं और मुझे बताने की जरूरत नहीं पड़ेगी कि ये कौन हैं? जिनके पास अपनी आँखें नहीं हैं वे अपने पास वाले सज्जन से उधार लेकर देख सकते हैं...इनके नंगेपन की जो झलक आप अभी देख सकते हैं वह शायद दोबारा न भी दिखलाई दे हालाँकि ये हमेशा आपके पास ही रहते हैं...आपके साथ ही रहते हैं...जयहिन्द!

**सभी** : (**वापस मुड़कर एक स्वर में**) जयहिन्द!

**(सब अँधेरे में डूब जाते हैं। कुछ क्षणों पश्चात अँधेरे में शोर उभरता है जो क्रमशः स्पष्ट होता जाता है। मंच पर प्रकाश लौटता है)**

**एक** : सनसनीखेज समाचार–

**दो** : आठ साल की कन्या के साथ बलात्कार।

**एक** : अध्यापक पकड़ा गया।

**दो** : बालक के साथ अप्राकृतिक मैथुन करते हुए।

**एक** : सोने के भाव गिरे।

**दो** : अनाज के दाम बढ़े।

**एक** : दो सौ भ्रष्ट अधिकारी निलम्बित।

**दो** : बाढ़ग्रस्त इलाकों का दौरा।

**एक** : हिन्द महासागर में हलचल।

**दो** : अमेरिका के राष्ट्रपति की सद्भावना यात्रा।

**(बाकी लोग निराशा से सिर हिलाते हैं)**

**तीन** : बोर।

**चार** : सब बासी।

**पाँच** : उबकाई आती है सुनकर।

**स्त्री** : कोई ताजा खबर हो तो दे दो एक इधर।

**एक** : बिल्कुल ताजा।

**दो** : मजेदार, चटपटी।

**तीन** : बकते हैं साले।

**चार** : कुछ है भी छापने को।

**पाँच** : कहाँ से लायेंगे बेचारे।

**स्त्री** : लाओ, एक दे दो।

**एक** : यह लीजिए बीबी जी।

**दो** : खुले पैसे दीजिए।

**(ले-देकर एक और दो जाते हैं। स्त्री अखबार पढ़ने को बैठ जाती है। बाकी उसे घेर लेते हैं। पढ़ने के लिए उनमें खींचातानी होती है)**

**तीन** : अबे, चढ़े क्यों आ रहे हो?

**चार** : मुझे भी पढ़ने दो।

**पाँच** : इतना ही शौक था तो खरीद क्यों नहीं लिया था?

**स्त्री** : **(पढ़ती है)** लोकतन्त्र खतरे में!

**तीन** : **(चकित से)** लोकतन्त्र खतरे में!

**चार** : लोकतन्त्र खतरे में!

**पाँच** : लोकतन्त्र खतरे में!

**(स्त्री खामोशी से लौट जाती है। वे तीनों दर्शकों की**

**ओर मुँह कर घुटनों के बल बैठ जाते हैं आक्रोशपूर्वक)**

**तीनों** : **(एक साथ)**

रोटी कपड़ा दे न सके,
वो सरकार निकम्मी है।
जो सरकार निकम्मी है,
वो सरकार बदलनी है।

**(एक और दो गाते-ठुमकते आते हैं और उनके चारों ओर घूमते हैं)**

**एक** : मिल के चलो,
मिल के चलो
मिल के चलो रे–

**दो** : जनता है बिल्ली बनी
मिल के चलो रे।

**(वे तीनों भी उनके साथ शामिल हो जाते हैं। सभी पंक्तिबद्ध हो गाते-ठुमकते मंच पर घूमते हैं)**

**सभी** : **(एक स्वर में)**

मिल के चलो,
मिल के चलो,
मिल के चलो रे!
जनता है बिल्ली बनी
मिल के चलो रे।

**एक** : अफसर बेईमान है।

**दो** : राजा परेशान है।

**तीन** : अब मौका मत चूको रे!

**सभी** : **(एक साथ)**

मिल के चलो,
मिल के चलो,
मिल के चलो रे!
जनता है बिल्ली बनी
मिल के चलो रे...

(**सभी उछलने-कूदने लगते हैं। एक उन्हें शान्त करता है**)

**एक** : शी ऽऽऽ...

(**सभी खामोश**)

यही मौका है, शोर करो लेकिन होशियारी से। ऐसे बहुत कम मौके आते हैं जब जनता का विश्वास उठ जाता है सरकार से और सरकार तंग आ जाती है जनता की समस्याओं से। जनता से किये गये वादों को सरकार पूरा नहीं कर पायी इसलिए...

**सभी** : (**एक साथ**) जयहिन्द!

**दो** : यही मौका है जब हम आपसी मतभेदों को भुलाकर, दलगत स्वार्थों और सिद्धान्तों को तिलांजलि देकर, एकजुट होकर नये सिद्धान्त और नारे बनायें, जनता का विश्वास प्राप्त करें और–

**सभी** : अपनी सरकार बनायें।

**तीन** : प्यारी जनता, कल-कारखाने, खेत-खलिहान छोड़ दो। छात्र बन्धुओ, हमारा साथ दो। विद्यालयों को आग लगा दो।

**चार** : वर्तमान सरकार और व्यवस्था के खिलाफ हम क्रान्ति लायेंगे। हमारा साथ दो।

**पाँच** : क्रान्ति इसलिए जरूरी है कि क्रान्ति क्रान्ति है। क्रान्ति के बिना कोई भी सरकार बन नहीं सकती। कोई भी व्यवस्था कायम नहीं हो सकती।

**एक** : इसलिए क्रान्ति लायेंगे।

**दो** : क्रान्ति के सजीले सिपाहियो–

**एक** : न कोई कार है, न कोई रेल है।

**दो** : जनता का राज है, जनता का खेल है।

**तीन** : जनता को लेके चलो, जनता ही रेल है।

(**एक रेल की सीटी बजाता है। सब उसके पीछे हो लेते हैं**)

**सभी** : छुक...छुक...छुक...छुक
छुक...छुक...छुक...छुक

(**रेल की तरह पहले धीमे और फिर तेज होकर चल देते हैं**)

**एक** : मिल के चलो...मिल के चलो।

**सभी** : छुक-छुक...छुक-छुक

**एक** : मिल के चलो...

मिल के चलो...

**सभी** : छुक-छुक...छुक-छुक

**(बीचोंबीच वृत्ताकार घूमने लगते हैं। क्रमशः अँधेरा उन्हें समेट लेता है। पुनः प्रकाश कुछ पलों बाद। स्त्री पूर्ववत् अखबार पढ़ने की मुद्रा में, तीन, चार, पाँच उसके पीछे लदे-फँदे)**

**तीन** : दूर हटो, सूअर।

**चार** : **(आँखें निकाल कर)** क्यों?

**तीन** : बदबू आती है।

**पाँच** : **(दोनों को धक्का देकर)** उधर जाकर लड़ो, हरामजादो।

**स्त्री** : **(पढ़ती है)** लोक...तन्त्र...खतरे में।

**(अँधेरा। अँधेरे के बाद प्रकाश क्रमशः तीन विभिन्न स्थलों पर उभरता और विलीन होता है)**

**प्रकाश स्थल नं. 1**

**(एक तथा दो)**

**एक** : मि. मलहोत्रा!

**दो** : यस सर।

**एक** : आई वांट टु ब्रिंग रेवोल्यूशन।

**दो** : बट सर, इट्स इम्पासिबिल। आल दि फैक्ट्री वरकर्स आर आन स्ट्राइक। दे आर आल्सो गोइंग टु रिवोल्ट।

**एक** : फक देम आफ। मैं फैक्ट्री के उत्पादन में रेवोल्यूशन की बात नहीं कर रहा। मुझे अपने बैंक बैलेंस में रेवोल्यूशन चाहिए।

**दो** : बट सर विदाउट, प्रोडक्शन...

**एक** : **(चीखकर)** शटअप! फारगेट दि प्रोडक्शन ऐण्ड थिंक हाऊ टु इंक्रीज कोटा, परमिट ब्लैकमनी...

**दो** : ओके सर!

(अँधेरा)

**प्रकाश स्थल नं. 2**

**(तीन और चार)**

**तीन** : लेकिन बाद में बड़ी किचकिच होगी।

**चार** : क्यों?

**तीन** : इतने ज्यादा दल शामिल हो गये हैं कि बाद में यह तय करना मुश्किल हो जायेगा, गाड़ी कौन चलाये?

**चार** : कोई मुश्किल नहीं। हर दल को एक-एक डिब्बा दे दिया जायेगा और गाड़ी चलाऊँगा मैं...

**तीन** : भला आप क्यों?

**चार** : इसलिए कि इसका आविष्कार मैंने किया है।

**तीन** : परन्तु...

**चार** : आप क्या बार-बार किन्तु-परन्तु करते हैं? व्यक्तिगत स्तर पर ही हम लोग सोचते रहते हैं इसलिए अब तक कुछ नहीं कर पाये। अरे भाई यह सब मसले तो बाद में भी तय हो सकते हैं।

**तीन** : बाद में कब?

**चार** : प्रयोग सफल होने पर।

(अँधेरा)

**प्रकाश स्थल नं. 3**

**(स्त्री और पाँच)**

**स्त्री** : लेकिन...

**पाँच** : वी विल गिव यू ऐज मच मनी ऐज यू वांट :

**स्त्री** : और अगर–

**पाँच** : वी विल आल्सो हेल्प यू बाई सप्लाइंग गुड वेपन्स फ्री आफ कास्ट।

**स्त्री** : और आप यह सब बिना किसी निजी स्वार्थ के करेंगे?

**पाँच** : आफ कोर्स...आपके देश और आपकी जनता की बेहतरी के लिए क्रान्ति लाने और क्रान्ति करने वालों की हमारे देश ने

हमेशा मदद की है। क्रान्तिकारियों द्वारा बड़ी से बड़ी सरकारों के तख्ते पलटवा देने में हमारे देश को कमाल हासिल है।

**(अँधेरा)**

**(पुनः प्रकाश लौटने पर स्त्री पूर्ववत अखबार पढ़ने को झुकी दिखाई देती है। तीन-चार और पाँच उसके इर्द-गिर्द)**

**पाँच** : पढ़ो भाई, पढ़ो।

**चार** : आगे पढ़ो।

**तीन** : कोई ताजा समाचार सुनाओ।

**(स्त्री खामोशी से हाथ का अखबार उनके आगे कर देती है। तीनों उसे लेने के लिए पिल पड़ते हैं)**

**(स्त्री उनसे अलग हटकर सीधे दर्शकों को सम्बोधित करती है। बाकी तीनों जैसे के तैसे स्थिर)**

**स्त्री** : नहीं मालूम यह अच्छा हुआ या बुरा, पहले से तय था या अचानक। हो सकता है यह एक खूबसूरत धोखा हो–बस, बहलाने के लिए। बहरलाल जो भी हो। फैसले का स्वागत चारों ओर से किया गया और माना गया, ऐसी मिसाल भी नहीं मिल सकती किसी भी लोकतन्त्र में...

**(एक और दो खुशी से चीखते, चिल्लाते आते हैं। स्त्री मन्थर गति से पीछे चली जाती है)**

**एक** : हम जीत गये।

**दो** : वो हार गये।

**एक** : हम जीत गये।

**दो** : वो हार गये।

**(तीन, चार और पाँच भी उनमें शामिल हो जाते हैं। स्त्री दर्शकों की ओर पीठ कर लेती है)**

**एक** : हम जीत गये।

**सभी** : वो हार गये।

**एक** : हम जीत गये।

**सभी** : वो हार गये।

**एक** : जो सच है सामने आया है।

**सभी** : झूठे को मजा चखाया है।
**एक** : जनता सब कुछ अब जान गयी।
**सभी** : कौन अपना है पहचान गयी।
**पाँच** : तो ह्विस्की खोलो।
**सभी** : वाह भाई, वाह!
**चार** : कुछ रम भी ले लो।
**सभी** : भाई क्या कहने।
**तीन** : ठर्रा क्यों पीछे रह जाये।
**सभी** : अभी उसको ही पहले ले लो।
**दो** : न पहले लो न बाद में लो।
क्यों न सबको एक साथ ही लो।
**सभी** : **(खुशी से)** हे ऽऽ ...क्यों न सबको एक साथ ही लो...
**(उछलते-कूदते एक-दूसरे का हाथ पकड़ वृत्ताकार घूमते हैं)**
**सभी** : न पहले लो न बाद में लो।
क्यों न सबको एक साथ ही लो।
**(घेरा तोड़ कर भागते कदमों से स्त्री के पास आते हैं)**
**एक** : अधिकारों का–
**सभी** : दुरुपयोग किया।
**दो** : जनता का धन।
**सभी** : बरबाद किया।
**तीन** : मक्कारी और बेईमानी के–
**सीाी** : बल पर तुमने राज्य किया।
**चार** : अब और नहीं देंगे मौका–
**सभी** : फौरन अपनी कुर्सी छोड़ो।
**पाँच** : हर जुबां से ये आवाज आयी–
**सभी** : तुम मुजरिम हो, तुम मुजरिम हो!
**(स्त्री सामने घूमती है आहिस्ते-आहिस्ते। वे सब कानाफूसी करते हैं। स्त्री बोलती है वे खामोश हो जाते हैं)**

स्त्री : मैं मुजरिम हूँ?...मैंने अधिकारों का दुरुपयोग किया?...जनता का धन बर्बाद किया?...मैं कुर्सी छोड़ दूँ?...अपने कर्त्तव्यों को भूल जाऊँ? चंद स्वार्थियों के लिए करोड़ों का हित भूल जाऊँ?

**(कानाफूसी का शोर। स्त्री आगे निकल कर मंच के बीचोंबीच आती है)**

स्त्री : **(दर्शकों से)** मैं मुजरिम हूँ इसलिए कि उनको समझने की कोशिश में मैं उनके नजदीक गयी? मैं मुजरिम हूँ इसलिए कि मैंने उनके दुख-दर्द और तकलीफों को जड़ से उखाड़ कर फेंक देना चाहा? मैं मुजरिम हूँ इसलिए कि मैंने उन खूँखार और खतरनाक गिद्धों से उन्हें बचाना चाहा जो हर पल उनके इर्द-गिर्द मँडराते रहते हैं और मौका पाते ही अपने भयानक पंजों में दबोच कर उनके लहू की एक-एक बूँद सोख जाना चाहते हैं?

**(कानाफूसी। स्त्री दाहिने अग्र भाग में आती है)**

स्त्री : **(दर्शकों से)** बेईमानी, मक्कारी, फरेब और अधिकारों का दुरुपयोग वह करते हैं जिनको न तो यकीन होता है अपने आप पर और न दूसरों पर...किन्तु मैं जानती हूँ, उन्हें मुझ पर विश्वास है और मुझे उन पर...हम दो एक हैं। कोई तीसरा हमें अलग नहीं कर सकता।

**(बिना किसी को सम्बोधित करते हुए नेपथ्य को जाती है। वे सभी यान्त्रिक पुतलों की तरह एक-दूसरे के पास जा कर मूक अभिनय के द्वारा विचार-विमर्श करते हैं। पाँच उत्तेजित हो चुका है)**

पाँच : सुन लिया?

चार : समझ लिया।

तीन : अभी भी इरादा नहीं है।

दो : यानी अभी और इन्तजार करना पड़ेगा।

एक : चुप रहो। न तो हमारे पास इन्तजार करने का वक्त है और न इन्तजार करने की सहनशक्ति। हम जो कुछ भी करेंगे, अभी करेंगे, इसी वक्त करेंगे...इससे अच्छा मौका फिर नहीं आयेगा।

यदि हमने अभी कुछ नहीं किया तो इसका मतलब है कि हम नपुंसक हैं।

**पाँच** : हम मत बोलो, मैं बोलो।

**एक** : क्यों?

**पाँच** : इसलिए कि तुम नपुंसक हो सकते हो, हम सभी नहीं।

**चार** : और क्या। तुम सिर्फ बकबक करते हो, किये-धरे कुछ नहीं होता।

**एक** : मैंने जो कुछ भी किया, उसका हिसाब देने का यह वक्त नहीं है इसलिए सिर्फ इतना बता दो, मेरी जगह तुम होते तो क्या करते?

**चार** : **(चबाकर)** क्या करता?

**(ठहाका मार कर हँस पड़ता है और हँसते-हँसते पाँच के पास जाता है)**

**चार** : **(पाँच से)** आओ, इन्हें बता दें, मैं क्या करता।

**(पाँच आगे बढ़कर उसकी दोनों हथेलियाँ अपने हाथों में जकड़ लेता है। दोनों एक-दूसरे की ओर मुँह करके खड़े हैं)**

**चार** : **(एक से)** आओ, अब यहाँ बैठ जाओ, ठीक ऐसे जैसे वह बैठती है।

**एक** : लेकिन...

**तीन** : हाँ-हाँ बैठ जाओ।

**दो** : हमेशा के लिए कौन कहता है?

**एक** : परन्तु आप सबके होते हुए...

**तीन** : कुछ देर के लिए क्या बुरा है?

**दो** : अच्छा-खासा तमाशा रहेगा।

**एक** : **(अभिनयपूर्वक)** इतना ही आग्रह है तो...वैसे मैं बैठना नहीं चाहता था परन्तु आप लोगों के प्रेम, स्नेह,.श्रद्धा, विश्वास... **(दर्शकों से पेशेवर भाषणबाज की शैली में)**...और फिर मेरा कर्तव्य...निःस्वार्थ सेवा...तन...मन...धन...प्राण...समर्पित... भावना...शपथ...दुखहाली...खुशहाली...धरती-आकाश...

मिट्‌टी-सोना...गरीबी-अमीरी...ककड़ी-कद्‌दू...ढाँचे-गोश्त... साइकिल-स्कूटर...आँसू-मुस्कान...सूखे होठ-शेम्पू...सेंट-पसीना...महल-झोंपड़ी...और...और...वगैरह-वगैरह...

**(राजसी अन्दाज में चार और पाँच की ओर मुड़कर शान से चलता हुआ उनके पास जाता है। उसके पीछे दोनों ओर दो तथा तीन अंगरक्षकों के भाव से जाकर दोनों ओर अदब से खड़े हो जाते हैं। चार और पाँच थोड़ा झुककर एक को अपने हाथों पर बिठाते हैं। एक शान से बैठकर गर्वीली दृष्टि चारों ओर फेंकता है और शुरू हो जाता है)**

**एक** : मुझे खुशी है कि आपने मुझे इस योग्य समझा और एकमत होकर इतनी ऊँची जगह दी...जहाँ से मैं आप सबको और आप सब मुझे बहुत अच्छी तरह से देख सकते हैं...समझ सकते हैं।

**(दो और तीन दबे कदम षड्‌यन्त्रकारी भाव से पीछे सरकने लगते हैं)**

मैं जानता हूँ कि आपको मुझसे बड़ी-बड़ी आशाएँ हैं...उम्मीदें हैं। मैं भी आपकी आशाओं और उम्मीदों पर पानी नहीं फेरना चाहता किन्तु इसके लिए यह जरूरी है, आप मेरे नजदीक न आयें, मुझसे दूर ही रहें।

**(दो और तीन कुछ दूर जाकर वापस उसी भाव से मुड़ते हैं)**

साथ ही यह वादा भी करें कि आप मुझे शान्तिपूर्वक अनन्त काल के लिए यहाँ बैठाए रखेंगे। ताकि मैं आपकी समस्याओं पर गम्भीरतापूर्वक मनन कर सकूँ।...

**(वे दोनों एक-दो कदम आगे बढ़ते हैं)**

मैं भी वादा करता हूँ, आप सभी के लिए छोटे-छोटे प्यारे-प्यारे खूबसूरत भवन बनाऊँगा। मगर यह सब तभी सम्भव हो सकेगा जब...

**(वे दोनों और आगे बढ़ते हैं। एक क्रोधित हो जाता है।**

**चार और पाँच उसे आहिस्ते-आहिस्ते हाथों पर झुलाने लगते हैं।)**

**(क्रोध से)** मेरे बार-बार चेतावनी देने पर भी आप लगातार मेरे नजदीक चले आ रहे हैं। खबरदार। मुझसे दूर रहें। दूर से मैं बहुत अच्छा लगता हूँ...आप सब भी बहुत अच्छे लगते हैं। लेकिन दूर से...पास आने पर आप बहुत डरावने हो जाते हैं...

**(वे बढ़ते जाते हैं। हाथों का झूला भी तेज होता जाता है)**

**(तनिक भयभीत होकर)** इसलिए दूर रहें...दूर...रहिए... नहीं-नहीं...इस तरह से तुम...मैं...मैं...हिंसा...दमन...जंग...

**(चार और पाँच उसे तेजी से आगे उछाल देते हैं। वह चीख मार कर गिरता है)**

...ओह...आह!

**(दो और तीन ठहाके लगाते हैं। चार तथा पाँच उनका साथ देते हैं। ठहाके लगाते-लगाते यकायक वे जैसे के तैसे स्थिर हो जाते हैं। एक कराहते हुए धीमे-धीमे उठता है और कमर झुका कर, हाथ तथा गर्दन लटकाये पीछे की ओर चल देता है। बाकी लोग भी बारी-बारी से उसी प्रकार, उसके पीछे हो लेते हैं। सभी थके-टूटे हाथ झुलाते भारी कदमों से पीछे वाले प्लेटफार्म पर चढ़कर बीच की सीढ़ियों से उतर मंच के बीचोंबीच झुण्ड सा बना कर जमा होते हैं)**

**एक** : कैसे जियें?

**दो** : क्यों जियें?

**तीन** : बहुत कठिन हो गयी है जिन्दगी।

**चार** : कौन-कौन सा बोझ सम्हालें?

**पाँच** : किसके लिए जिन्दा रहें? क्या आशा लेकर जिन्दा रहें? आह...!

**एक** : ये जवान हाथ और इन हाथों का काम रह गया है सिर्फ बालों में कंघी करना!

**दो** : ये नौजवान कदम और करते हैं तय फासले सिर्फ तारकोल की

सड़कों पर एक सिनेमाघर से दूसरे सिनेमाघर तक...

**तीन** : अथवा थिरकना चाहते हैं उन बेहूदा कर्कश धुनों पर जो होती हैं सिर्फ सिगरेट और शराब की मदहोशी में अपने भूत, भविष्य और वर्तमान को भूल जाने के लिए।

**चार** : चीखो मत। उन्हें जीने दो जैसे वह जीना चाहते हैं। तुम उनके लिए कुछ नहीं कर सके...वह तुम्हारी परवाह क्यों करें?

**(क्षणिक खामोशी)**

**पाँच** : **(आहिस्ते-आहिस्ते)** कोई किसी की परवाह करे भी तो क्यों करे?...क्या मतलब है। किसी को किसी से?...क्या लेना है किसी को किसी से?...शी...

**(खामोशी)**

अपनी-अपनी परवाह करो सिर्फ अपनी-अपनी...अपने आपको बचा कर रखो...यही अच्छा होगा। हाँ...नहीं तो महँगाई के कोड़े खाओगे...कोई बचाने नहीं आयेगा...भुखमरी की सलीब पर लटका दिये जाओगे...कोई देखने नहीं आयेगा...शी ऽऽऽ...उस राजा की कहानी याद है जो बहुत अच्छा था... हमेशा अपनी प्रजा के बारे में ही सोचता था कि कैसे वह उनके दुख-दर्द, तकलीफें दूर करे?...लेकिन उसके सोचने से क्या होता है...उसके चारों तरफ ऐसे लोग थे जो अपने ही बारे में सोचते थे।

**चार** : **(उत्तेजित सा)** क्या तुम कुछ देर के लिए अपना मुँह बन्द नहीं कर सकते?

**पाँच** : **(बोलता ही जाता है)** मन्त्री, अफसर, सिपाही, कर्मचारी...

**चार** : **(जोर से)** ईश्वर के लिए खामोश हो जाओ!

**पाँच** : जमींदार, व्यापारी, दुकानदार...

**चार** : मैं कहता हूँ चुप करो...चुप करो...

**पाँच** : वैद्य, हकीम, डाक्टर, वकील, मुंशी, चपरासी, पेशकार, चोबदार...

**चार** : **(अधीर होकर)** मेरा सिर फटा जा रहा है हरामजादे!

**पाँच** : **(शीघ्रता से भागते हुए)** नतीजा?...किसी के खजाने भरते रहे। किसी की गोदामें भरती रहीं। किसी की जेबें भारी होती गयीं। किसी के बदन पर गोश्त चढ़ता रहा। प्रजा, गरीब और गरीब, भूखी, नंगी फटेहाल होती गयी...

**(चार जो उसके पीछे-पीछे भाग रहा था, लपक कर उसकी गर्दन पकड़ लेता है)**

**चार** : मैं तुम्हारा गला घोंट दूँगा कमीने...

**(पाँच फिर छुड़ा कर भागता है। चार उसके पीछे पागलों की तरह)**

**पाँच** : राजा यही समझता रहा, उसकी प्रजा बहुत सुखी है। उसे कोई कष्ट नहीं है...चारों ओर खुशहाली है...सुख, चैन और अमन का राज्य है...

**(चार लपक कर उसका मुँह बन्द करना चाहता है दोनों गुँथ जाते हैं। चार बुरी तरह से घूँसे बरसाता है फिर उसके हाथ ढीले पड़ जाते हैं और वह फूट-फूटकर रोने लगता है।**

**एक दो और तीन सीढ़ियाँ चढ़कर ऊँचाई पर खड़े हो जाते हैं, दर्शकों की ओर मुख करके)**

**एक** :<br>
**दो** : } **(एक स्वर में)**

राजा और प्रजा के बीच,<br>
जब तक खुदी रहेगी खाई,<br>
चिथड़ों से भी तन न ढकेंगे,<br>
नंगे, भूखे, भिखमंगों से,<br>
गली, शहर, फुटपाथ पटेंगे,<br>
जनता रोटी को तरसेगी,<br>
बढ़ती जायेगी महँगाई,<br>
अधिकारी गण जेब भरेंगे,<br>
होगी नहीं कोई सुनवाई।<br>
राजा और प्रजा के बीच,<br>
जब तक खुदी रहेगी खाई।

**(दर्शकों की ओर पीठ कर लेते हैं। स्त्री प्रवेश कर दर्शकों से)**

**स्त्री** : यह भयावह और गूँगी स्थिति यदि राजा तोड़ना चाहता है तो उसे अपने महल से बाहर आना होगा...अपनी पूरी स्वतन्त्रता और सशक्त निर्णय के साथ...उसे खुद घेरे से बाहर निकलना होगा और उन्हें अपने घेरे में लेना होगा जो राजा के नाम पर मनमानी सत्ता, शासन और व्यवस्था कायम कर राजा को बदनाम करते हैं...अन्यथा, वैसा ही होता रहेगा जैसा होता आया है।

**(स्त्री दर्शकों की ओर पीठ फेर कर खड़ी हो जाती है। भयावह संगीत के साथ एक, दो, तीन, चार और पाँच क्रूर मुद्राएँ बनाकर सतर्क भाव से मंच का चक्कर लगाते हैं)**

**एक** : सब कुछ योजना के अनुसार है।

**दो** : बिलकुल ठीक। हम सब तैयार हैं।

**तीन** : जमीन खोखली और पोली है, थोड़े से दबाव की जरूरत है।

**चार** : अन्दर सिग्नल की जरूरत है, बाहर हम तैयार हैं।

**पाँच** : सीमाओं पर जमाव है दोस्तों का इन्तजार है।

**(स्त्री की ओर बढ़ते हैं और भी सतर्कता और चुस्ती के साथ)**

**एक** : दबे पाँव...

**दो** : होशियारी से...

**तीन** : बिना किसी आहट के...

**चार** : आगे बढ़ो...

**पाँच** : और लगा दो आग पलीते में।

**(नजदीक पहुँच जाते हैं)**

**एक** : एक...

**दो** : दो...

**तीन** : तीन...

**चार** : चार...

**पाँच** : सावधानी से...

**(स्त्री को घेरना चाहते हैं किन्तु वह होशियारी से बचकर बाहर निकल जाती है। वे ठगे से रह जाते हैं)**

**एक** : वह बचकर निकल गयी।

**दो** : उसे पकड़ो।

**तीन** : जल्दी करो।

**चार** : जाने न पाये।

**पाँच** : बको मत...कुछ करो, जल्दी...

**(स्त्री अट्टहास करती है)**

**स्त्री** : अभी तक राजा तुम्हारे घेरे में था और तुम जैसा चाहते थे वैसा करते थे। अब वह तुम्हारे घेरे से बाहर निकल गया और तुम रह गये अपने ही बनाये घेरे में...लेकिन, इतना ही काफी नहीं है...तुम्हें बाँधना होगा एक ऐसे खूबसूरत किन्तु मजबूत नागपाश से जिसके बन्धन में रहकर तुम मनमानी करने से तौबा करो...

**(सधे, मजबूत और नपे-तुले कदमों से उनके झुण्ड की ओर बढ़ती है और उनके चारों ओर घूमकर उन्हें बाँधने का मूकाभिनय करती है। वे कसमसाते हैं)**

**एक** : हम कसते जा रहे हैं।

**दो** : हमारा दम घुट रहा है।

**तीन** : हमें खोल दो...बाँधो मत।

**चार** : यह नागपाश हमें बरबाद कर देगा।

**पाँच** : हमें आजाद रहने दो...हमारे अधिकार मत छीनो।

**(चीखते-चिल्लाते वे मुक्त होने के लिए छटपटाते हैं अन्ततः निढाल होकर अपनी मुद्राओं में स्थिर हो जाते हैं। स्त्री कुटिल अट्टहास लगाती है)**

**स्त्री** : अन्दर संकट
बाहर संकट
ऊपर संकट
नीचे संकट

दायें संकट
बायें संकट
संकट, संकट, संकट के जब
बादल ही घिर आये हों
और घुमड़ कर जाने कब
बिजली ही बरपा दें तो
ऐसे में क्या नहीं उचित यह
अगर बचाना है अपने को
होठ सिले जायें सूजों से
जकड़ लौह जंजीरों में
ठूँस दिया जाये विरोध को
अन्ध घुप्प अँधेरे में

**(मंच पर अँधेरा छा जाता है। कुछ क्षणों पश्चात प्रकाश तीन विभिन्न स्थलों पर उभर एक, दो और तीन को उजागर करता है)**

**एक** : **(ऊँचे स्वर में)** हर आम और खास को सूचित किया जाता है...

**तीन** : **(उसी प्रकार)** सूचित किया जाता है...

**दो** : **(उसी प्रकार)** किया जाता है...

**एक** : कि राष्ट्रीय संकट को देखते हुए...

**तीन** : गलत। व्यक्तिगत संकट को देखते हुए...

**दो** : देखते हुए...

**एक** : सुरक्षा की दृष्टि से।

**तीन** : नहीं, स्वरक्षा की दृष्टि से।

**दो** : दृष्टि से।

**एक** : जिस कठिन नागपाश के बन्धन में राष्ट्र को बाँधा गया है उससे देश पतन के कगार में जाने से बच तो गया है किन्तु पूरी तरह से उबर भी नहीं पाया है। खतरा अभी भी है।

**दो** : राष्ट्र को।

**तीन** : व्यक्ति को।

**दो** : सीमाओं को।

**तीन** : व्यक्तित्व को।

**एक** : खतरा अभी भी है।

**दो** : भयंकर खतरा।

**तीन** : साड़ी को।

**दो** : भयानक खतरा।

**तीन** : ब्लाउज को।

**एक** : हालाँकि खतरे की सभी सम्भावनाओं को समाप्त कर दिया गया है और उन सभी तत्त्वों को निष्क्रिय कर दिया गया है या किया जा रहा है, जिनसे खतरे की तनिक भी बू आती थी।

**तीन** : या नहीं भी आती थी।

**दो** : किसी को अपना दिमाग इस्तेमाल करने की इजाजत नहीं है।

**तीन** : चाहे वह कितना ही कुन्द क्यों न हो।

**दो** : जुबान हिलाने की भी सख्त मनाही है।

**तीन** : हिलाने वाले को घोर शत्रु समझा जाएगा।

**दो** : खतरा टला नहीं है।

**एक** : इसलिए नागपाश राष्ट्रों के गले में अनिश्चित काल तक एक रक्षक कवच के रूप में पड़ा रहेगा।

**दो** : नाग के अनगिनत मुँह खोल दिये गये हैं जो अपनी दूर-दृष्टि, पक्के इरादे और कड़ी मेहनत के जादू के साथ फन फैलाये किसी भी प्रकार के खतरों को निगल जाने के लिए तत्पर हैं। यह व्यवस्था आन्तरिक और बाह्य सुरक्षा की दृष्टि से की गयी है।

**एक** : इस व्यवस्था का स्वागत चारों ओर से किया गया है, जिसने नहीं किया—

**तीन** : उसका उल्टा स्वागत कर नागों के मुँह में डाल दिया गया है।

**एक** : राष्ट्रीय आचरण उच्च हो गया है और नैतिक स्तर सुधर गया है।

**(दो अपने स्थान से हट कर तीन की ओर दबे पाँव रेंगता है)**

**एक** : गरीबी सिर पर पाँव रखकर भाग रही है।

**तीन** : सालों ने उसे भी नहीं छोड़ा।

**एक** : जिनके पास जमीन नहीं है वह खुश हो गये।

**तीन** : अखबारी खबरों में।

**एक** : जिनके पास खेत नहीं है वह फसल उगा रहे हैं।

**तीन** : सरकारी कागजों में।

**एक** : जिनके पास रहने को स्थान नहीं है उन्हें खूबसूरत भवन बाँट दिये गये हैं।

**तीन** : दरबारी आँकड़ों में।

**एक** : भ्रष्टाचार, रिश्वतखोरी, काला धन्धा, चोरबाजारी—

**तीन** : लगता है खत्म हो गये हैं पर ऐसा है नहीं।

**एक** : छोटे उद्योग, बड़े उद्योग, लघु उद्योग, विशाल उद्योग, पूँजीपति, मजदूर, किसान, आफिसर, अध्यापक, कर्मचारी, संघ, संस्था, व्यवस्था—

**तीन** : नागपाश के घेरे में।

**एक** : नागपाश!

**तीन** : ऐतिहासिक दौर।

**एक** : नागपाश!

**तीन** : राष्ट्रीय पर्व!

**एक** : नागपाश!

**तीन** : (**यकायक हिस्टीरिक-सा होकर**) मुर्दाबाद, मुर्दाबाद... मुर्दाबाद...

**(दो उछल कर तीन को दबोच लेता है। तीन चकरा कर दो को लिये दिये जमीन पर गिर पड़ता है। दो जल्दी से उठकर उसकी पीठ पर लात जमाता है। तीन के मुँह से भय के कारण चीख भी नहीं निकल पाती। प्रकाश बढ़ता है। एक भी दौड़कर तीन के झापड़ मारता है।)**

**दो** : बोल!

**एक** : क्या कर रहता था यहाँ?

**दो** : बोलता क्यों नहीं बे?

एक : मौत आयी है साले!

(तीन गिड़गिड़ाता है)

तीन : नहीं—नहीं मैंने कुछ नहीं किया मुझे जाने दो।

दो : कुछ नहीं किया?

एक : फिर इतनी रात गये क्या कर रहा था यहाँ?

तीन : ब...बस का इन्तजार।

दो : बस का क्यों?

एक : स्कूटर का क्यों नहीं?

तीन : पैसे उतने ही थे।

दो : झूठ बोलता है उल्लू के पट्ठे!

तीन : नहीं, मैं सच कह रहा हूँ।

एक : चोप बे! राहजनी के लिए शिकार ढूँढ़ रहा था और अब धर्मावतार की औलाद बन रहा है। मैं सब समझता हूँ। तलाशी लो भड़ुए की।

तीन : यह सरासर ज्यादती है।

दो : यह सब कुछ हम नहीं जानते।

एक : हमें तो अपना फर्ज पूरा करना है।

दो : चल निकाल कितने पैसे हैं।

(तीन इस भाव से कि शायद छुटकारा मिल जाये पैसे निकाल कर देता है)

दो : अबे यह तो तीस पैसे हैं।

तीन : मैंने पहले ही कहा था बस के किराये भर के...

एक : साले चूँ-चपड़ करता है।

(झापड़ मारता है)

दो : जानता नहीं नागपाश गले में पड़ा है। बिना किसी चार्ज के अन्दर कर दूँगा। न जमानत होगी, न सुनवाई। सड़ता रहेगा सालों।

तीन : नहीं-नहीं ऐसा मत कीजिए माफी माँगता हूँ, पैर पड़ता हूँ।

एक : तो निकाल पैसे कहाँ छुपा रखे हैं।

तीन : सच कहता हूँ इतने ही थे। सुबह निकला था तब दस रुपये

थे। दिनभर इधर-उधर भटकता रहा, नौकरी की तलाश में। नौकरी-वौकरी तो मिली नहीं, दस का नोट जरूर साफ हो गया। रोज ही ऐसा होता है। घर वाले भी तंग आ गये हैं।

**दो** : चोप बे।

**एक** : बक-बक किये जा रहा है।

**दो** : कोई बात नहीं बच्चू मैं भी जानता हूँ। सूखे तिलों से तेल कैसे निकाला जाता है। ले चलो साले को अस्पताल–

**तीन** : **(सहमकर)** नहीं-नहीं। मैं अस्पताल नहीं जाऊँगा। मैं बिलकुल ठीक हूँ। मुझे जाने दो...

**एक** : तो फिर नामा निकाल!

**तीन** : जो थे दे दिये अब और नहीं हैं मेरे पास...

**दो** : क्यों सुन रहे हो साले की बकबक? दिमाग भिन्ना गया। लेकर चलते क्यों नहीं?

**एक** : **(तीन को ठेलता है)** चल बे! तेरी चिक-चिक में मेरे यार का भेजा ही गरम हो गया।

**(तीन की गर्दन पकड़ कर धकियाता हुआ चल देता है)**

**तीन** : **(चिल्लाता है)** मत ले जाओ मुझे...क्यों ले जा रहे हो अस्पताल?. ..मेरी तो शादी भी नहीं हुई...बच्चे भी नहीं हैं...मैं तो बेकार हूँ...छोड़ दो...छोड़ दो मुझे...मेरी माँ...मेरा बाप...मुझे नौकरी–

**दो** : अबे हल्ला मत मचा। उससे कुछ नहीं होगा। कुछ सोचकर ही तुझे अस्पताल ले जा रहे हैं, वरना सीधे ही अन्दर करते।

**एक** : यहाँ तो दस मिनट में छूट जायेगा।

**दो** : वहाँ उम्र भर सड़ता रहेगा।

**एक** : चाय-बिस्कुट मुफ्त मिलेंगे।

**दो** : साथ में डालडे का डिब्बा और राह खर्च अलग।

**एक** : हमारा मेहनताना भी वसूल हो जायेगा।

**दो** : जो तू भर नहीं सकता।

**एक** : अब सीधा चला चल। आवाज निकाली तो रास्ता बड़े घर की ओर मुड़ जायेगा।

**(दोनों तीन को ढकेलते हुए ले जाते हैं। चार और पाँच**

**जैसे सूँघते हुए आते हैं। किसी खास तरह की सुगन्ध की तलाश में मंच का चक्कर लगाते हैं जिसका एहसास मिलते ही एक स्थान पर रुक जाते हैं)**

**चार** : **(भेद भरे ढंग से)** क्या खयाल है?

**पाँच** : जगह तो सही लगती है।

**चार** : काफी खतरनाक है।

**पाँच** : बड़ा साफ-सुथरा मकान है।

**चार** : बहुत हरामी है।

**पाँच** : तीन मंजिला है।

**चार** : कई बार कोशिश की पर बचकर निकल गया।

**पाँच** : अब कहाँ जायेगा?

**चार** : ऐसा रगड़ूँगा, साला याद रखेगा।

**पाँच** : फिर कहाँ मिलेगा मौका?

**चार** : **(यकायक भड़क कर)** अबे कोई है...छै घण्टे से आवाज दे रहे हैं।

**पाँच** : घसीट क्यों नहीं लाते साले की टाँगें पकड़कर।

**चार** : अबे खोलते हो या तोड़ दूँ?

**(स्त्री प्रकट होती है किसी घरेलू औरत की तरह)**

**पाँच** : आप उनकी पत्नी हैं? बहन हैं? माँ हैं?

**चार** : या जो भी हैं।

**पाँच** : उन्हें बाहर भेजिए।

**चार** : वरना हमें ही अन्दर आना पड़ेगा।

**स्त्री** : **(घबराहट से)** आप लोग कौन हैं?

**पाँच** : **(दहाड़ कर)** घटिया सवाल!

**चार** : इन्सल्ट, यानी बेइज्जती!

**स्त्री** : जी...मेरा यह मतलब हर्गिज नहीं था।

**पाँच** : तो वर्दी देखकर भी नहीं पहचान पातीं।

**चार** : मोतियाबिन्द हो गया है।

**स्त्री** : आप लोग चाहते क्या हैं?

**पाँच** : यह आपको कैसे समझाया जाये?

**चार** : आप तो बस उनको भेज दीजिए?

**पाँच** : वह जो आपके पति हैं, भाई हैं, बाप हैं–

**चार** : या जो भी हैं।

**पाँच** : उन्हीं को सब कुछ समझा दिया जायेगा।

**(एक किसी गृहस्थ की तरह आता है)**

**एक** : क्या बात है सुषमा?

**स्त्री** : यह लोग आपको...

**एक** : अच्छा तुम अन्दर जाओ। मैं देखता हूँ।

**(स्त्री जाती नहीं है)**

क्या चाहते हैं आप लोग?

**चार** : आपका नाम?

**एक** : निर्भय सिंह?

**पाँच** : शातिर लगता है।

**चार** : बाप का नाम?

**एक** : बहादुर सिंह?

**पाँच** : खानदानी है।

**चार** : पेशा।

**एक** : व्यापार।

**पाँच** : गुप्त संगठन!

**चार** : व्यापार के सिलसिले में आप शहर के बाहर भी आते-जाते रहते होंगे?

**एक** : जी हाँ।

**पाँच** : संचालन।

**चार** : आपका गोदाम कहाँ है?

**एक** : गोदाम...?

**चार** : अड्डा...?

**एक** : अड्डा...?

**पाँच** : गुप्त अड्डा।

**एक** : समझ में नहीं आ रहा आप कैसी बातें कर रहे हैं?

**चार** : सब समझ में आ जायेगा, आप हमारे साथ चलिये।

**एक** : लेकिन...

**पाँच** : आपकी गतिविधियों से राष्ट्रीय सुरक्षा और एकता को खतरा उत्पन्न हो गया है।

**चार** : आपको अन्दर करना होगा।

**एक** : लेकिन मैंने कुछ भी नहीं किया। व्यापार करता हूँ—सीधा सच्चा व्यापार। अपना और अपने परिवार का पेट पालने के लिए एक शहर से दूसरे शहर तक व्यापार के सिलसिले में ही जाना होता है। राष्ट्रीय सुरक्षा और एकता के लिए मैं खतरा कैसे हो सकता हूँ?

**पाँच** : नागपाश की स्थिति में बोलने की इजाजत किसी को नहीं है।

**चार** : अपनी मर्जी से हमारे साथ चलिए वरना जबरन ले जाना होगा।

**एक** : **(गिड़गिड़ाता है)** नहीं-नहीं ऐसा मत कहिए। रहम करिए मेरे छोटे-छोटे बच्चे हैं...पत्नी है...छोटा भाई है...बहन है। मेरे बिना सब अनाथ हो जायेंगे। व्यापार चौपट हो जायेगा...

**पाँच** : आप वक्त बरबाद कर रहे हैं।

**एक** : यह अन्याय है...जुल्म है।

**चार** : हो सकता है मगर अब हम कुछ भी नहीं सुनेंगे।

**पाँच** : चलिए!

**(चार और पाँच उसे दोनों ओर से पकड़कर ले जाते हैं। स्त्री कातर दृष्टि से उन्हें जाता हुआ देखती है। कुछ क्षणों का करुण मौन, तत्पश्चात स्त्री आहिस्ते-आहिस्ते दर्शकों की ओर बढ़ती है)**

**स्त्री** : **(दर्शकों से)** आप लोग ऐसे क्या देख रहे हैं मेरी ओर?...क्या मैं इतनी अजनबी लगती हूँ?...मैंने आपके नन्हे मुन्नों को पढ़ाया है...तालीम दी है...उनके साथ उनके जैसी ही बनकर हँसी, खेली...कविता...कहानियाँ...वार्षिक खेल-कूद, पाठ, शिक्षा, परीक्षाफल...सभी कुछ तो...और आज मुझे भेजा गया है आपके पास...यह कहने के लिए कि आप अपनी उन जड़ों को काट दें जिनसे नन्हे-मुन्नों की पौध लगती है...यदि आपने

ऐसा नहीं किया तो मुझे वंचित कर दिया जायेगा...नन्हे-मुन्नों को पढ़ाने से...मुझे निकाल देंगे वह लोग।

**(उत्तर पाने की आशा में क्षणिक मौन)**

सुना आपने?...सुन रहे हैं आप लोग?...सुन लिया? कैसे सुन सके आप लोग?...आपके बदन में जरा भी हरारत नहीं आयी...जरा सी भी हरकत नहीं हुई?...कोई जुम्बिश नहीं... कोई हलचल नहीं...कोई थरथराहट नहीं?...क्या आप में से कोई भी ऐसा नहीं है जो उठ कर खड़ा हो और पूछे जाकर उनसे जो आपके ही श्रम और पसीने की कमाई के लाखों करोड़ों रुपये सिर्फ इसी बात के लिए दिन-रात खाये जा रहे हैं... जिसका कोई हिसाब नहीं है...बस लूट मची है ऊपर से लेकर नीचे तक...और अब वे चाहते हैं कि मैं, आपके नन्हे-मुन्नों की शिक्षिका, घर-घर जाकर उनकी बात आप तक पहुँचाऊँ, आपको जबदरस्ती राजी करूँ वरना...भगवान के लिए मुझे बचाइए...वे लोग मुझे निकाल देंगे...मेरी नौकरी छीन लेंगे।

**(फफक कर रो पड़ती है रोते-रोते घुटनों के बल बैठ जाती है और हथेलियों से अपना चेहरा ढाँप लेती है। सिसकियाँ कुछ देर तक गूँजती रहती हैं। दो अकड़ते हुए और तीन उसके पीछे 'जी हुजूर' के भाव से आता है। मंच का चक्कर लगाकर वे स्त्री के पास रुक जाते हैं)**

**दो** : अबे घामड़!

**तीन** : जी हुजूर!

**दो** : कौन है यह औरत? क्या काम है इसका, जरा पता लगाओ! क्यों गन्दगी फैला रही है यहाँ?

**तीन** : बहुत अच्छा श्रीमान।

**(तीन स्त्री के पास जाता है)**

**तीन** : ए बुढ़िया...खड़ी हो जा। टेसुए न बहा।

**(स्त्री उसे देखती है और जल्दी से उठ कर खड़ी हो जाती है)**

**स्त्री** : **(घिघियाते हुए)** भैया जरा बताओ तो वो कब आयेंगे?... इन्तजार कर रही हूँ बहुत देर से...आँखें पथरा गयीं रास्ता देखते-देखते...बेटा मुझे...

**तीन** : बकवास बन्द रंडी! जानती है तू कहाँ है? यहाँ रिश्ते कायम करने की जरूरत नहीं...

**स्त्री** : गुस्सा मत हो बेटा...

**तीन** : फिर बेटा! कान खोल कर सुन ले यहाँ कोई किसी का माँ-बेटा नहीं। यह अदालत है—अदालत।

**स्त्री** : **(चमकती आँखों से)** तभी तो यहाँ आयी हूँ। मुझे फरियाद करनी है। वो कब आयेंगे यही तो पूछ रही हूँ।

**तीन** : वो कौन?

**स्त्री** : जज साहब। कब आयेंगे भला?

**तीन** : **(ठहाका लगाता है)** अरी बेवकूफ! यहाँ सवालों का जवाब फोकट में नहीं मिलता। माल गलाना पड़ता है माल, समझी?

**दो** : **(नजदीक आकर)** क्यों वक्त जाया कर रहा है बे? कितना काम पड़ा है। फालतू लोगों की चिकचिक में ऐसे ही उलझा रहेगा तो धर दिया जायेगा नागपाश में।

**(तीन लपक के उसे एक कोने में खींच ले जाता है)**

**तीन** : समझदारी से काम लो, बौड़ियाओ मत। शुक्र मनाओ, जाल अभी खोला भी नहीं और मछली आकर फँस गयी। मौका अच्छा है, सन्नाटा भी है।

**दो** : यह बात है तो मिलाओ हाथ। मैं देखता हूँ तुम जरा बाहर नजर रखना।

**तीन** : यह सब नहीं चलेगा। मैं बाहर नजर रखूँ ताकि अन्दर मेरी नजर चूक जाए और तुम...

**दो** : तुझे जिन्दगी भर अक्ल नहीं आयेगी गधे। मैं तो सावधानी के लिहाज से कह रहा था।

**तीन** : फिक्र मत करो मैं अन्दर रह कर भी बाहर नजर रख सकता हूँ।

**(दोनों स्त्री के पास जाते हैं)**

**दो** : **(स्त्री से)** दीवानी, फौजदारी, मुकदमा, फाइल, केस, कागजात...

**तीन** : वकील, मुन्सिफ, चौकीदार, चोबदार, पेशकार, लिपिकार...

**दो** : नोटिस, सम्मन, तारीख, टिकट, स्टैम्प पेपर...

**स्त्री** : नहीं-नहीं यह सब कुछ नहीं। मुझे तो सिर्फ फरियाद करनी है जज साहब से।

**तीन** : फरियाद यूँ ही तो हो नहीं जाएगी। कुछ फीस-वीस भी लायी हो।

**स्त्री** : फीस...

**तीन** : नादान औरत यह अदालत है फरियादी को फरियाद करने की कीमत चुकानी पड़ती है।

**स्त्री** : **(जैसे कहीं खोती हुई)** वह तो मैंने हमेशा चुकाई है। फरियाद कहीं नहीं की...कभी नहीं की...तो भी...

**दो** : **(तीन से)** अबे घामड़, मछली काफी वजनदार मालूम होती है।

**स्त्री** : **(चौंक कर)** क्या कहा?

**तीन** : **(बात सम्हालते हुए)** कुछ नहीं, श्रीमान जरा गला साफ कर रहे थे।

**स्त्री** : **(अपनी ही रौ में)** ऐसे खराब मौसम में ऐसा हो ही जाता है।

**दो** : हाँ तो मैं कह रहा था...

**तीन** : फीस...

**स्त्री** : मिलेगी जरूर मिलेगी...जो कुछ मेरे पास है सब तुम्हारा...जो कुछ साथ लायी हूँ सब दे दूँगी...बस एक बार मेरी फरियाद लिखा दो...मुझे जज साहब से मिला दो...

**दो** : ठीक है अपना नाम बताओ। गैं कोशिश करूँगा।

**स्त्री** : ...मुझे शर्म आती है...बहुत शर्म...यह बताते हुए कि मैं कौन हूँ...मेरी फरियाद क्या है।...किस मुँह से कहूँ और किससे कहूँ कि मैं जंजीरों में जकड़ दी गयी हूँ और अब आजाद नहीं हूँ...हालाँकि मेरा नाम आजादी है।

**(क्षणिक मौन)**

अगर कोई विदेशी मुझे आक्रान्त करता...मेरे पैरों में बेड़ियाँ डाल देता तो शायद मुझे इतना दुख न होता...अफसोस न

होता क्योंकि वह अपमान मेरे लिए नया नहीं होता...शताब्दियों मैंने उसकी पीड़ा भोगी है...मगर यह मैं किससे कहूँ जाकर कि मेरे अपने रक्षक ही आज मेरे भक्षक हो गये हैं।

**(नेपथ्य से कुछ शोर उभरता है)**

**दो** : **(स्त्री पर भड़क कर)** अब चुप भी कर बुढ़िया। एक बार शुरू हुई तो खत्म होने का नाम ही नहीं ले रही। जज साहब आ गये हैं। उधर जाकर खामोशी से खड़ी हो जा।

**स्त्री** : **(खुश होकर)** जज साहब आ गये हैं? वह मेरी फरियाद जरूर सुनेंगे।

**तीन** : सुना नहीं तूने, कुछ कहा गया है तुझसे? तू हमें भी फँसवाएगी।

**स्त्री** : नाराज मत हो बेटा। जहाँ तुम कहोगे वहीं खड़ी हो जाऊँगी। बस, एक बार मुझे मिलवा जरूर देना।

**(स्त्री एक ओर जाकर खामोश किन्तु उत्सुक भाव से खड़ी हो जाती है।**

**पाँच, चार का बोझ उठाये आता है। उससे चला नहीं जाता। चार का बोझ पीठ पर होने के कारण वह चलते-चलते बार-बार लड़खड़ा जाता है। चार के हाथ में एक अंकुश जैसा नुकीला हथियार है जब भी पाँच लड़खड़ाता है चार उसकी गर्दन में अंकुश चुभो देता है। पीड़ा से पाँच कराहता है और फिर बिना लड़खड़ाये चलने की असफल कोशिश करता है। दो और तीन पाँच के सामने जाकर अदब से झुकते हैं। पाँच कोई जवाब न देकर उसी प्रकार चलता हुआ पीछे सीढ़ियों पर जाकर बैठ जाता है चार उससे ऊपर वाली सीढ़ी पर बैठता है किन्तु उसका अंकुश पाँच की गर्दन पर ही लगा है)**

**दो** : हुजूर न्यायाधीश—न्यायमूर्ति जी! कुछ बदमज़गी हो गयी?

**तीन** : पेट में दर्द है क्या श्रीमान?

**दो** : अगर ऐसी कोई बात थी तो आपको तकलीफ नहीं करनी चाहिए थी।

**तीन** : हाँ श्रीमान, अगर कोई जरूरी केस, कागज, फाइल, मुकदमा होता तो आपको बंगले पर ही पहुँचा दिया जाता?

**दो** : आपने बेकार परेशानी उठाई हुजूर।

**(पाँच जरा दुखती पीठ को सीधा करने की कोशिश में तन कर बैठना चाहता है किन्तु अंकुश चुभ जाता है वह कराह उठता है)**

**तीन** : किसी डॉक्टर को बुला लाऊँ?

**दो** : आप कहें तो वैद्य या हकीम ही सही।

**तीन** : वैसे तो प्राकृतिक इलाज भी बहुत अच्छा होता है।

**दो** : योग साधना क्यों नहीं करते। हुजूर। आप कहें तो योगी जी को बुला लाऊँ हर चीज में उनका दखल है।

**तीन** : फिर भी स्वाभाविक रूप से आप ठीक हो जायें तो बहुत ही अच्छा है।

**पाँच** : **(कराहता है)** वह स्त्री कौन है? क्या चाहती है?

**दो** : बुलाऊँ उसे हुजूर?

**तीन** : अभी बुलाता हूँ श्रीमान।

**(दोनों भागकर स्त्री के पास जाते हैं)**

**दो** : अब आती क्यों नहीं?

**तीन** : पहले तो आसमान सर पर उठाये थी।

**दो** : और अब जज साहब आ गये हैं तो खड़ी तमाशा देख रही है।

**तीन** : चल-चल।

**दो** : जल्दी चल।

**तीन** : मेरा मुँह न देख।

**(स्त्री दौड़कर पाँच के पैरों पर गिर जाती है)**

**स्त्री** : हुजूर जज साहब! आप ही न्याय कीजिए। हमारी फरियाद सुनिए। सैकड़ों साल की गुलामी के बाद मुझे खुली हवा में साँस लेने का मौका मिला लेकिन अभी मैं खुलकर साँस भी न ले पायी थी, अपने अंगों की अकड़न भी सीधी न कर पायी थी कि मुझे फिर जकड़ दिया गया, कैद कर लिया गया और जानते हैं हुजूर जज साहब! इस बार मुझे जंजीरों में जकड़ने

वाला कोई विदेशी नहीं था। वह लोग थे जिन्हें मेरी सुरक्षा का जिम्मेदार बनाया गया था। मेरे अपने लोग! जिन्हें उत्तराधिकारी बनाकर मुझे उनके हाथों में सौंप दिया गया। कितनी कुर्बानियाँ की थीं उन्होंने...कितने बलिदान दिये थे उन्होंने...मेरी जंजीरें तोड़ने के लिए उन्हें क्या कुछ नहीं करना पड़ा था...क्या कुछ नहीं सहना पड़ा था...मेरी यातना उनकी यातना थी। मुझे यातना से मुक्ति दिलाने के लिए उन्होंने खुद कितनी-कितनी यातनाएँ सहीं...और यह सब कुछ करने-सहने के बाद उन्होंने मुझे गलत उत्तराधिकारियों के हाथों की कठपुतली बनाकर छोड़ दिया। उनके उत्तराधिकारी अब तक मुझे अपने इशारों पर नचाते रहे...मेरे साथ खिलवाड़ करते रहे...मैं आजादी हूँ न! उन्होंने मुझे वेश्या की तरह इस्तेमाल किया। जब जी चाहा रौंदा...कुचला...मसला, बलात्कार किया। मेरे नाम पर मनमाने अत्याचार किये और...और जब इससे भी जी नहीं भरा तो खुद तानाशाही का नंगा नाच करने लगे...कितनी मुश्किलों से मैं आपके पास आयी हूँ जज साहब! मेरे साथ न्याय करें...उन्हें बुलायें...उन्हें कठघरे में खड़ा करें...उनसे सवाल करें...उन्होंने इतना बड़ा विश्वासघात क्यों किया? आखिर क्यों दिया है इतना बड़ा धोखा?

**(उत्तेजित हो जाती है। दो और तीन लपककर उसे दोनों ओर से कस लेते हैं)**

**पाँच** : **(क्रोध से)** इसे छोड़ दो बेवकूफो! और उन्हें पकड़कर लाओ जिन्होंने इसके साथ इतना बड़ा धोखा और फरेब किया। उन्हें कठघरे में खड़ा किया जायेगा...सवाल किये जायेंगे और सजा दी जायेगी...सख्त से सख्त...जाओ...

**(दो और तीन स्त्री को छोड़कर जाने को होते हैं। चार, पाँच की गर्दन में झटके से अंकुश चुभो देता है। वह चीख पड़ता है)**

**पाँच** : **(चीखकर)** आह...ठहरो कम्बख्तो!

**(दो, तीन चौंककर रुक जाते हैं।)**

**दो** : क्या हुआ हुजूर?

**तीन** : फिर पड़ा दौरा?

**दो** : पेट में मरोड़ है?

**तीन** : या सिर में दर्द?

**दो** : डॉक्टर को बुलाऊँ?

**तीन** : या वैद्य को?

**दो** : प्राकृतिक चिकित्सक भी ठीक रहेगा।

**तीन** : आप कहें तो योगीराज को!

**पाँच** : **(बौखलाकर)** चुप करो हरामजादो! मेरी गर्दन देखे...

**दो** : क्या हुआ गर्दन को हुजूर?

**तीन** : मालिश करवाऊँ श्रीमान?

**दो** : कहीं बुखार हुआ गर्दन तोड़!

**तीन** : मच्छर भी हो सकता है।

**दो** : सूई भी चुभ सकती है।

**तीन** : तलवार भी लटक सकती है।

**दो** : और फाँसी का फन्दा भी—

**तीन** : झूल सकता है—

**दो** : गर्दन में।

**(पाँच दोनों हाथों को कानों पर रखकर यकायक खड़ा हो जाता है झटके से। चार भी उसके साथ खड़ा हो जाता है किन्तु अंकुश वह पाँच की गर्दन में चुभोये रखता है)**

**पाँच** : मैं पागल हो जाऊँगा...पागल...कौन कहता है मैं न्यायाधीश हूँ?...कौन कहता है मैं न्यायमूर्ति हूँ? कौन कहता है मैं जज हूँ?...मैं कुछ भी नहीं हूँ?...चन्द टुकड़ों पर पलने वाला एक सरकारी कुत्ता हूँ...मेरी गर्दन पर अंकुश है, सत्ता का...बोझ है, संविधान के संशोधनों का...मैं जंजीरों से बँधा नहीं हूँ पर मेरे गले में सरकारी पट्टा है और सरकार की सत्ता की चौकसी में मुझे खुला छोड़ दिया गया है...चले जाओ...सब चले जाओ.

..मेरे पास न्याय की दुहाई लेकर मत आओ। मैं न्यायमूर्ति नहीं, नागमूर्ति हूँ नागपाश की कुंडली में जकड़ा हुआ...मैं न्याय नहीं दे सकता...जहर उगल सकता हूँ सिर्फ जहर... जाओ, बचना चाहते हो तो मुझसे दूर चले जाओ।

**(चलने को होता है कि चार पुनः उचक कर उसकी गर्दन पर सवार हो जाता है पाँच लड़खड़ाते हुए घिसटता सा चलता है। लड़खड़ाने पर चार पूर्ववत् अंकुश चुभोता जाता है। दो और तीन उसके पीछे सम्मानसूचक मुद्राओं में चलते हैं। वे सभी मंच का वृत्ताकार चक्कर लगाते हैं। स्त्री दर्शकों की ओर बढ़ आती है)**

**स्त्री** : क्या कोई लौ है अब भी
जो क्षीण किरण दे आशा की
आजादी को डसा नाग ने
न्यायतंत्र फँस गया
नाग के जहरीले चंगुल में
फिर भी कब तक
मौन रहोगे
सहते जाओगे तुम कब तक?
या फिर
लहू नहीं बहता है,
बहता, नाली का गन्दा जल
दूषित जो हो गया
जुल्म और, अत्याचारों को
सहते-सहते
जिसमें आता नहीं उबाल
और न होती
कोई हलचल!
इसीलिए जूँ नहीं रेंगती
और निरर्थक हो जाते हैं,
शब्द सभी—

अर्थों समेत!
बोलो, बोलो क्यों चुप हो?
है कोई लौ अब भी
जो क्षीण किरण दे आशा की!

**(प्रश्नसूचक चिह्न की तरह स्त्री दर्शकों के समक्ष स्थिर हो जाती है और बाकी दो-तीन-चार और पाँच भी अपनी-अपनी मुद्राओं में जड़ जाते हैं।**

**मंच पर अँधेरा।**

**कुछ क्षणों पश्चात मंच पुनः आलोकित होता है। एक पीछे सीढ़ियों पर तन कर बैठा है। किसी पुलिस आफिसर की तरह। दो और तीन मंच के दोनों ओर आगे-पीछे सतर्कता से चहलकदमी कर रहे हैं)**

**एक** : अरे तिवारी!

**(तीन चहलकदमी रोक कर)**

**तीन** : जी हुजूर।

**एक** : होश आया साले को।

**तीन** : अभी तक तो नहीं।

**एक** : जरा देखना, मर तो नहीं गया साला?

**तीन** : बहुत अच्छा हुजूर।

**(अन्दर जाता है)**

**एक** : **(दो से)** क्यों मिश्रा पैंतालिस का क्या हाल है? कुछ बताया उसने?

**दो** : **(पास जाकर)** अभी तक तो कुछ भी नहीं हुजूर!

**एक** : जैसा मैंने कहा था वैसा ही किया था?

**दो** : उससे भी ज्यादा। पहले मैं सीधी तरह पूछता रहा—पर्चे कहाँ छपते हैं? संगठन के सदस्यों के पते क्या हैं लेकिन यह बिल्कुल घुन्न बना बैठा रहा कुछ भी नहीं बोला।

**एक** : साले के जबड़े तोड़ देते।

**दो** : मैंने उसे उलटा करके पंखे से लटका दिया फिर पंखा चला दिया और हर चक्कर के साथ उसके मुँह पर जूता मारता गया।

**एक** : बहुत अच्छा किया, इन लोगों के साथ ऐसा ही सुलूक करना चाहिए।

**दो** : उसके बाद भी उसने कुछ नहीं बताया तो मैंने उसके सारे कपड़े उतार दिये और उल्टा लिटा कर उसकी टाँगों के बीच मिर्चें भर कर पूरा डंडा घुसेड़ दिया। साला चिल्ला-चिल्लाकर अधमरा हो गया मगर फिर भी उसने अपना मुँह नहीं खोला।

**एक** : टाँगें चीर कर फेंक देते कुत्तों के आगे हरामजादे की।

**दो** : फिर तो मुझे भी गुस्सा आ गया। सोच रहा था लाइन पर आ जायेगा लेकिन जब वह अपनी ही जिद पर अड़ा रहा तो मैंने भी बैरेक के सारे सिपाहियों को बुलाकर उसके मुँह पर पेशाब करवाई और जब वह फिर भी कुछ बोलने से इन्कार करता रहा तो मैंने उसके हाथों के नाखून उखड़वाकर नमक और मिर्चें भरवा दीं। मारे दर्द के वह तड़प-तड़प कर छटपटाता रहा फिर बेहोश हो गया।

**एक** : तो उसने बताया नहीं कि पर्चे कहाँ छपते हैं और संगठन के सदस्यों के पते क्या हैं?

**दो** : नहीं हुजूर।

**एक** : अजीब मुसीबत है ऊपर से सख्ती हो रही है और यह साले अपना मुँह भी नहीं खोलते। लगता है मिश्रा, कुछ और नये तरीके सोचने पड़ेंगे अब इन तरीकों से काम नहीं बनता।

**दो** : यही मैं भी सोच रहा हूँ। (**कुछ सोचकर**) एक तरकीब दिमाग में आयी है। हुजूर कहें तो बताऊँ?

**एक** : बोलो क्या है!

**दो** : जैसे पुराने जमाने में कैदियों को शेर के आगे डाल दिया करते थे वैसे ही हम भी क्यों न करें?

**एक** : तुम्हारा दिमाग फिर गया है मिश्रा? क्या पागलों जैसी बातें कर रहे हो?

**दो** : नहीं हुजूर! जरा गौर से सुनें। एक ऐसा मजबूत कठघरा बनवाया जाये जिसमें दो खाने बने हों एक में भूखा शेर रखा जाये और दूसरे में ऐसे ही गब्बर कैदी। भूखा शेर कैदी को

देखते ही रह-रहकर दहाड़ेगा। लपलपाती चीभ और सुलगती आँखों से कैदी को दबोच कर खा जाने के लिए जी-तोड़ कोशिश करेगा। शेर के इस भयंकर रूप में मौत को देखकर कैदी का पाखाना वैसे ही निकल पड़ेगा। मारे डर के वह सब कुछ बता देगा।

**एक** : और अगर फिर भी उसने कुछ न बताया तो?

**दो** : तो फिर दोनों खानों के बीच की दीवार हटा दी जाये। शेर मिनटों में कैदी को नोच-नोच कर खा जायेगा। लाश ठिकाने लगाने का भी झंझट नहीं रहेगा।

**एक** : बात तो ठीक है। ऐसे साले मर जाते हैं तो उन्हें ठिकाने लगाना भी एक समस्या हो जाती है।

**दो** : तो फिर ऐसा ही करिए हुजूर।

**एक** : ठीक है आज मैं मंत्री महोदय के आगे यह प्रस्ताव रखता हूँ। अगर प्रस्ताव उन्हें पसन्द आया तो मैं तुम्हारी तरक्की की सिफारिश भी कर दूँगा।

**दो** : बड़ी मेहरबानी हुजूर की।

**(तीन घबड़ाया हुआ आता है)**

**एक** : क्या हुआ तिवारी!

**तीन** : हुजूर वह तो सचमुच मर गया! अब क्या होगा?

**एक** : तो तुम्हारा पाखाना क्यों निकला जा रहा है?

**तीन** : मैंने ही उसे बिजली के झटके दिये थे। वह बार-बार कहता रहा मैं बेकसूर हूँ...मुझे फँसाया गया है...मुझे छोड़ दो... लेकिन मैंने सोचा शायद वह झूठ बोल रहा है इसीलिए...

**एक** : **(ठहाका लगाकर)** तो इसमें परेशान होने की क्या बात है। अच्छा हुआ साला मर गया एक सिरदर्द कम हुआ।

**तीन** : **(धीरे से)** नहीं हुजूर, मुझे लगता है वह सचमुच बेकसूर ही था।

**एक** : क्या बकते हो?

**तीन** : हाँ हुजूर। इतनी यातनाओं के बाद तो बड़े से बड़ा बदमाश भी सच उगल देता है। मगर वह वैसी ही निडरता से अन्त तक मौत से जूझता रहा। उसका शरीर बेजान पड़ा है बिजली के

झटकों से एकदम काला हो गया है लेकिन उसकी फटी-फटी आँखों में अभी-भी वही चमक है...सचाई की चमक...उन आँखों में मैंने झाँक कर देखा तो मुझे लगा जैसे वह अन्दर तक बेंध गयी हों...अभी भी वह आँखें मुझे घूर रही हैं उनसे मुझे कोई नहीं बचा सकता...वह मुझसे बदला लेंगी...मैंने उसकी हत्या की है...

**(फूट-फूट कर रोने लगता है रोते-रोते बैठ जाता है और अपना सिर घुटनों में छिपा लेता है)**

**एक** : **(क्रोध से)** होश में आ हरामजादे, वरना खुद भी नौकरी से हाथ धोयेगा और मुझे भी मरवायेगा। चल उठ...

**(उसकी कमर में ठोकर मारता है। वह चीख मार कर उलट जाता है फिर तेजी से खड़ा होकर एक की गर्दन पकड़ लेता है)**

**तीन** : तुम हत्यारे हो...तुमने ही मुझे ऐसा करने के लिए कहा था...मैं तुम्हें जिन्दा नहीं छोड़ूँगा...

**(एक अपने को छुड़ाने की कोशिश करता है)**

**एक** : अबे होश में आ। जरा देख तू किससे बात कर रहा है! छोड़ दे वरना गोली मार दूँगा।

**(तीन गर्दन दबाये हुए उसे जमीन पर गिरा कर उसके सीने पर चढ़ बैठता है)**

अरे मिश्रा, मुँह क्या देख रहे हो, मारो साले को...वरना...आ...आह!

**(दो, लपक कर तीन की गर्दन पर लगातार दो-हत्थड़ बरसाता है फिर अपने दोनों हाथों को उसकी बगल में डाल, कैंची फँसा कर पीछे खींच लेता है।**

**एक छूट कर गर्दन सहलाता हुआ उठ खड़ा होता है फिर ताबड़तोड़ तीन को मारता है तीन चिल्लाता है)**

**तीन** : तुम मुझे जान से मार दो...टुकड़े-टुकड़े कर दो...फिर भी मैं चिल्ला-चिल्ला कर यही कहूँगा तुम खूनी हो...हत्यारे हो...कसाई हो...तुम भी ऐसे ही मरोगे...कुत्ते की मौत...तड़प-तड़प कर...और उन सभी की प्रेतात्माएँ जिन्हें तुमने सता-सता कर

बेरहमी से मारा है तुम्हारी लाशों पर नाचेंगी...खुशियाँ मनायेंगी। **(ठहाका मारकर हँसता है)** ह...ह...ह...ह...

**(मंच के चारों ओर भागता है एक और दो उसके पीछे भागते हैं अन्ततः तीन बेदम होकर गिर जाता है)**

**तीन** : **(हाँफते हुए)** कुत्तो! तुम्हारे पाप का घड़ा भर गया है...वह फूटने ही वाला है...अपने पीप और मवाद में तुम खुद उतराओगे...**(ठहाका लगाकर)** ह...ह...ह...ह...

**(एक उसके ठोकर मारता है)**

**एक** : **(दाँत पीसते हुए)** मैं जब मरूँगा...तब देखा जायेगा।

**(कई ठोकरें मारता है तीन कराह कर निष्प्राण सा हो जाता है।**

**स्त्री सिसकते हुए आती है)**

**स्त्री** : **(एक से)** मेरे बच्चे की हालत बहुत खराब है। वह आखिरी घड़ियाँ गिन रहा है।

**एक** : **(दहाड़कर)** तो मैं क्या करूँ? चल भाग यहाँ से!

**स्त्री** : उन्हें थोड़ी देर के लिए छोड़ दीजिए, अस्पताल में अपने बच्चे से मिल आने दीजिए। उसके प्राण अटके हैं अपने बाप को देखने के लिए।

**एक** : मैं इस तरह से किसी को नहीं छोड़ सकता। पहले तू हमारे साहब से लिखवा कर ला।

**स्त्री** : इस लिखा-पढ़ी में तो बच्चे के प्राण ही निकल जायेंगे। वह अपने बाप को भी नहीं देख सकेगा और मेरी गोद से भी वंचित हो जायेगा।

**एक** : यह सब मैं कुछ नहीं जानता, तुझ से जो कहा गया है वह कर, वरना अपना रास्ता नाप।

**स्त्री** : मुझ पर रहम कीजिए। बच्चे पर तरस खाइए...आखिरी इच्छा तो खूनियों की भी पूरी की जाती है। वह तो एक निर्दोष बच्चा है। उसे अपने बाप को मरने से पहले, आखिरी बार देख लेने दीजिए।

**एक** : ऐसी बातें सुनने का हमारे पास वक्त नहीं है। मिश्रा भगाओ इसे।

**दो** : ए ऽऽ औरत चल भाग यहाँ से...

**(दो, स्त्री को धक्के देकर बाहर निकालता है)**

**स्त्री** : **(चिल्लाती है)** अरे हत्यारो! एक मरते हुए बच्चे की आखिरी ख्वाहिश भी तुम पूरी नहीं कर सकते जिसके प्राण अटके हैं सिर्फ इस आशा में कि वह अपने बाप को एक बार देख भर ले...तुम्हारे हृदय नहीं पसीजते...तुम...पत्थर हो पत्थर...तुम्हारा नाश हो। **(रोती है)**

**(दो उसे बेरहमी से बाहर ढकेलता है उसकी सिर्फ आवाज सुनाई देती है)**

तुम्हारे ऐसे अन्धे कानून का नाश हो...कानून बनाने वालों का नाश हो...तुम इन्सान नहीं राक्षसों के वंशज हो। तुम सबका नाश होगा...जल्दी ही नाश होगा।

**(आवाज दूर होकर विलीन हो जाती है)**

**एक** : किसकी औरत थी यह?

**दो** : उसकी जो मर गया बिजली के झटके—खा-खा कर।

**एक** : ओह! **(कुछ सोचकर)** यह वही पत्रकार था न जो हमारे लाख समझाने-बुझाने पर भी सरकार के खिलाफ खबरें छापना बन्द नहीं कर रहा था?

**दो** : हाँ हुजूर मगर। यह अखबार वाला था, कहीं कोई झमेला न उठ खड़ा हो...उसकी बीवी और बच्चा...

**एक** : झमेला कौन करेगा? विद्रोहियों को जेल में डाल दिया गया है और सरकार तो खुश होगी। जैसा वह चाहती है वैसा ही हम कर रहे हैं।

**दो** : लेकिन हुजूर दो-दो लाशें हो गयी हैं यहाँ। एक इस सिपाही की और दूसरी उस पत्रकार की...

**एक** : चिन्ता की कोई बात नहीं तुम रिपोर्ट बनाकर भेज दो रात में डाकुओं से मुठभेड़ में एक डाकू मारा गया और एक सिपाही शहीद हो गया। सिपाही को सम्मान के साथ उसके घर पहुँचाने की व्यवस्था कर दो और पत्रकार की लाश को नदी किनारे ले जाकर मिट्टी का तेल डालकर फूँक दो।

दो : बहुत अच्छा हुजूर। लेकिन...

एक : घबड़ाने की बात नहीं है अपनी तो तरक्की ही होगी। जाओ।

**(दो, तीन की टाँगें पकड़कर घसीटता हुआ चल देता है। मंच क्रमशः अन्धकार में डूब जाता है।**

**कुछ क्षणों बाद पुनः प्रकाश। स्त्री पीछे ऊँचाई पर बाँसों के झुण्ड के पास नाग के फन के नीचे दर्शकों की ओर पीठ फेर कर खड़ी है।**

**पाँच प्रवेश कर अदब से स्त्री के पास जाकर सम्मान के साथ झुकता है)**

पाँच : महारानी! युवराज आपसे मिलना चाहते हैं।

स्त्री : उन्हें यहीं भेज दो!

पाँच : उनके साथ रक्षा मन्त्री, प्रचार मन्त्री और विदेश मन्त्री भी हैं।

स्त्री : **(एक क्षण सोचकर)** सबको यहीं ले आओ।

**(पाँच वापस जाता है। कुछ क्षणों बाद एक, दो, तीन और चार आते हैं। एक के चेहरे पर निर्भीकता और उद्दण्डता के भाव हैं, बाकी लोगों के चेहरों के भाव एक के अनुरूप गिरगिट की तरह प्रतिपल बदलते रहते हैं)**

एक : रानी माँ की जय हो!

दो : महारानी की–

सभी : जय हो।

स्त्री : **(खोखली हँसी के साथ)** रानी माँ की जय...महारानी की जय...यह जयजयकार के स्वर अब बड़े खोखले और बेमानी लगते हैं।

एक : यह आप क्या कह रही हैं रानी माँ?

स्त्री : ठीक कह रही हूँ युवराज। मुझे लगता है जय को पराजय में बदलने में अब देर नहीं। मेरा समय पूरा हो गया।

दो : महारानी आप कुछ बेचैन दिखाई देती हैं। मेरे होते हुए आप क्यों फिक्र करती हैं?

स्त्री : रक्षामन्त्री, अब तुम भी कुछ नहीं कर सकते। आपकी रक्षक पंक्तियाँ एक-एक करके ढहने लगी हैं।

**दो** : किसी ने आपको गलत सूचना दी है महारानी! सारा देश नागपाश के लौह शिकंजे में जकड़ा है। विद्रोही जेलों में सड़ रहे हैं। सारे देश में आपका आतंक फैला है। आपके इशारे के बिना एक पत्ता भी नहीं हिल सकता।

**स्त्री** : **(व्यंग्य से)** और इसलिए हर रोज सुबह महल की दीवारों पर...ठीक मेरी नाक के नीचे एक नया पोस्टर दिखाई देता है, जिसमें कभी मैं जेल के सीखचों के पीछे दिखाई देती हूँ और कभी गधे पर उल्टे मुँह बैठी दिखाई देती हूँ।

**तीन** : लेकिन इसके जवाब में हमने भी लाखों-करोड़ों रुपये के पोस्टर बनवा कर गाँव-गाँव, शहर-शहर, गली-गली में चिपकवाये हैं। आप एक बार दौरे पर तो निकलिये, चारों तरफ आपको अपनी और युवराज की खूबसूरत-शौर्य-पूर्ण तस्वीरें ही नजर आयेंगी। सारे देश के अखबार, आकाशवाणी और दूरदर्शन केन्द्र सब कुछ भूल कर आपके और युवराज के ही गुणगान कर रहे हैं।

**स्त्री** : **(क्रोधित होकर)** यह सब आपने किया। किन्तु आप उन पोस्टरों को बन्द नहीं करा सके। मेरे खिलाफ पोस्टर, प्रचार सामग्री, पत्र-पत्रिकाएँ अब भी चोरी-छिपे निकल रही हैं। उनमें जहर उगला जा रहा है और न केवल देश में बल्कि विदेशों में भी रक्षामन्त्री के तमाम सुरक्षा साधनों को भेदते हुए पहुँचाये जा रहे हैं। मालूम है, इससे मेरी कितनी साख खराब हुई है? इतने वर्षों की प्रतिष्ठा धूल में मिल गयी।

**चार** : आपको गलतफहमी हुई है महारानी! यह सच है कि विदेशों में भी आपके विरोधी आपके खिलाफ प्रचार कर रहे हैं लेकिन मैंने भी अपने विदेश मंत्रित्व का दायित्व पूरी तरह से निभाया है। मैंने दूसरे मुल्कों में झुण्ड के झुण्ड सरकारी खर्चे पर साहित्यकार, कलाकार, पत्रकार और कूटनीतिज्ञों को भेजा है जो जी-जान से विरोधियों का सामना कर रहे हैं। मैं स्वयं भी अनेक मुल्कों में घूमकर आया हूँ और आपकी प्रतिष्ठा पुनः स्थापित की है।

**स्त्री** : (भड़ककर) झूठ! सब झूठ...सरासर झूठ! आपने लाखों-करोड़ों रुपये इस काम में लगाये जरूर हैं लेकिन उन सब पर पानी फिर गया है। हमारे पास हर तरह के साधन हैं, सुविधाएँ हैं फिर भी हम उनका कुछ नहीं कर पा रहे। वह मुट्ठी भर साधनहीन लोग...देश में और देश के बाहर मेरे खिलाफ लोगों को भड़का रहे हैं। मेरे गुप्तचर मुझे लगातार ऐसी ही खबरें दे रहे हैं।

**एक** : आप चिन्ता न करें रानी माँ! ऐसे बेवकूफ गुप्तचरों को, जो आपके पास गलत खबरें पहुँचाते हैं, उन्हें आपके पास अब फटकने भी नहीं दिया जायेगा।

**स्त्री** : सारी दुनिया मुझ पर थू-थू कर रही है। वह सोचते हैं, मैं तानाशाह हो गयी हूँ। लोकतन्त्र से मेरा विश्वास उठ गया है इसलिए मैंने नागपाश में जकड़ रखा है। लोगों की स्वतन्त्रता छीन ली है। विरोधियों को जेल में डाल दिया है। न्यायतन्त्र की हत्या कर दी। और तो और वे कहते हैं यह सब मैं युवराज के लिए कर रही हूँ।

**तीन** : तो इसमें गलत क्या है महारानी! हर माँ अपने बेटे के हित के लिए जो भी उससे सम्भव हो सकता है करती है। फिर युवराज तो एक योग्य माँ के सुयोग्य पुत्र हैं, यह आज सर्वविदित है। उन्होंने देश के हित में क्या कुछ नहीं किया?

**चार** : हाँ महारानी, युवराज ने देश की कितनी बड़ी-बड़ी समस्याओं को चुटकियों में सुलझा दिया है।

**दो** : जनसंख्या की वृद्धि आश्चर्यजनक रूप से रोक दी है।

**तीन** : नगरों का सुन्दरीकरण किया।

**चार** : गन्दी और बदबूदार बस्तियाँ रातोंरात उजड़वा दीं।

**दो** : देश में औद्योगिक क्रान्ति ला दी।

**तीन** : जो काम सौ साल में भी नहीं हो सकता था, युवराज ने चुटकी बजाते कर दिया।

**चार** : जो अस्पताल मरीजों से ठसाठस भरे रहते थे वह नसबन्दी के जादू से बिलकुल खाली हो गये।

**दो** : लोग बेकार ही बीमार पड़े रहा करते थे।

**तीन** : अब पूरा देश स्वस्थ और निरोग हो गया है।

**चार** : युवराज के नये उद्योगों से हजारों बेकारों को काम मिला।

**दो** : जो किसी भी काबिल नहीं थे वह भी मोटर-कारों और हवाई जहाजों में सैर कर रहे हैं।

**तीन** : युवराज ने देश के सामने एक आदर्श रखा है।

**चार** : नवयुवकों के आगे एक मिसाल कायम की है।

**दो** : बिना किसी तकनीकी डिग्री या डिप्लोमा के एक बड़ा उद्योग, राष्ट्रीय और अन्तर्राष्ट्रीय स्तर पर कैसे लगाया जा सकता है यह उन्होंने देश के नौजवानों को सिखाया।

**तीन** : लोग पढ़-लिखकर भी बेकार घूमते हैं। भूखों मरते हैं।

**चार** : और युवराज ने बिना किसी डिग्री या डिप्लोमा के अपने बुद्धि कौशल और चातुर्य से करोड़ों रुपये देखते ही देखते अर्जित किये।

**दो** : युवराज ने देश में—

**तीन** :<br>**चार** : } राजनीतिक क्रान्ति की।

**दो** : युवराज ने देश में—

**तीन** :<br>**चार** : } औद्योगिक क्रान्ति की।

**दो** : युवराज ने देश में—

**तीन** :<br>**चार** : } सांस्कृतिक क्रान्ति की।

**दो** : युवराज ने देश में—

**तीन** :<br>**चार** : } युवा क्रान्ति की।

**दो** : युवराज ने देश में—

**तीन** :<br>**चार** : } नैतिक क्रांति की।

**दो** : युवराज ने देश में–

**तीन** :
**चार** : } अनैतिक क्रान्ति की।

**दो** : युवराज ने देश में–

**तीन** :
**चार** : } क्रान्ति ही क्रान्ति की।

**दो** : और युवराज द्वारा की गयी क्रान्तियों की इस आँधी में विरोधियों द्वारा की जा रही लुक-छुप क्रान्ति क्या माने रखती है?

**तीन** : आज नहीं तो कल, यह बचे-खुचे लोग भी हमारी गिरफ्त में आ ही जायेंगे।

**चार** : फिर एक क्रान्ति और होगी विरोधियों को जेलों में सड़ा-सड़ाकर मार डालने की खूनी क्रान्ति।

**दो** : उसके बाद आप चैन और अमन से उम्र भर राज्य करें।

**तीन** : और आपके बाद युवराज गद्दी सम्हालें।

**चार** : इस तरह आपके परिवार की परम्परा सदियों तक कायम रहेगी।

**दो** : हम वायदा करते हैं–

**तीन** :
**चार** : } न केवल हम, बल्कि हमारी आने वाली पीढ़ियाँ भी आप और आपकी परम्परा की रक्षा में अपने प्राणों की आहुति दे देंगी।

**(दो, तीन तथा चार स्त्री के आगे शपथ की मुद्रा में शपथ ग्रहण करते हैं)**

**एक** : **(प्रसन्न होकर)** इतने वफादार मंत्रियों के होते हुए भी आप परेशान हैं रानी माँ!

**स्त्री** : यह सब ठीक है युवराज...फिर भी मुझे लगता है यह काफी नहीं है। अन्दर-ही-अन्दर एक भय कचोटता है कि कहीं मैं सचमुच लोकतन्त्र की हत्या तो नहीं कर रही?

**एक** : कैसी बातें कर रही हैं आप?

**स्त्री** : कभी-कभार, एकान्त अकेले में...जब मेरी नजर, अपने पूर्वजों की तस्वीरों पर चली जाती है तो मुझे लगता है वे सब मुझे

जलती आँखों से घूर रहे हैं। उनकी आँखों में एक सुलगता हुआ सवाल दिखाई देता है। जिसका जवाब मेरे पास कभी नहीं होता। और मेरा मन करता है उन नजरों से बचकर कहीं दूर बहुत दूर चली जाऊँ।

**एक** : रानी माँ! क्या पागलों सी बातें करती हो? इसका इलाज मैं अभी किये देता हूँ।

**(ताली बजाता है पाँच अदब से दाखिल होता है)**

**पाँच** : मुझे याद किया हुजूर?

**एक** : जाओ, महल में जहाँ कहीं भी हमारे पूर्वजों की तस्वीरें या उनकी कोई यादगार दिखाई दे उसे ले जाकर जला दो। लेकिन होशियारी से।

**पाँच** : जो आज्ञा युवराज।

**(जाता है)**

**स्त्री** : यह तुमने क्या किया युवराज!

**एक** : आपको मैं कष्ट में नहीं देख सकता, रानी माँ! जिस चीज से भी आपको तकलीफ पहुँचेगी, मैं उसे समूल नष्ट कर दूँगा।

**(स्त्री एक क्षण खामोश रहती है फिर एक के पास जाकर)**

**स्त्री** : युवराज! दुनिया को एक बार फिर मैं बताना चाहती हूँ कि मैं एक तानाशाह नहीं, लोकतन्त्र की रक्षक हूँ।

**एक** : यह बताने के लिए शाही खजाने से करोड़ों रुपये खर्च किये गये हैं और किये जा रहे हैं रानी माँ।

**स्त्री** : इस तरह से नहीं। मैं देश में आम चुनाव कराकर यह सिद्ध करना चाहती हूँ।

**(एक ठहाका मारकर हँस पड़ता है)**

**एक** : सुन लिया मंत्रिगणो! रानी माँ देश में आम चुनाव कराना चाहती हैं। यह तो वही कहावत सिद्ध हुई, आ बैल मुझे मार।

**दो** : **(हँसता है)** नहीं युवराज। तुम गलत समझे। महारानी राजनीति की चतुर खिलाड़ी हैं। उन्होंने बिलकुल सही तरीका निकाला है। यह साबित करने के लिए कि वह लोकतन्त्र में विश्वास रखती हैं और तानाशाह नहीं हैं, इससे अच्छा दूसरा उपाय नहीं

हो सकता।

**एक** : वह कैसे?

**दो** : देखो युवराज, नागपाश की उपलब्धियाँ किसी से छुपी नहीं हैं, यह तुम मानते हो?

**एक** : हाँ रक्षा मन्त्री।

**दो** : और नागपाश का आतंक भी कम नहीं है। यह भी तुम मानते हो न?

**एक** : बिलकुल।

**दो** : ऐसी हालत में यदि महारानी आम चुनाव की घोषणा करके प्रमुख विरोधियों को जेलों से छोड़ दें और तुरन्त चुनाव करा दें तो महारानी की जीत निश्चित होगी। क्योंकि विरोधियों को न तो चुनाव के लिए धन इकट्ठा करने का समय मिलेगा न वह अपने दलों को संगठित कर सकेंगे। जब दल संगठित नहीं होंगे तो वे चुनाव प्रचार भी ठीक से नहीं कर सकेंगे। नतीजा? उनकी बुरी तरह हार।

**एक** : ठीक कहते हो रक्षामन्त्री।

**दो** : लोग यही समझेंगे महारानी ने सहृदयता से चुनाव करा कर लोकतांत्रिक पद्धति से आम जनता को अपना नेता चुनने का मौका दिया लेकिन जनता किसी और को नहीं सिर्फ महारानी को ही चाहती है।

**चार** : और अगर बीच में कोई गड़बड़ी हुई तो?

**दो** : कैसी गड़बड़ी?

**चार** : मेरा मतलब है यदि वह सचमुच जीत गये तो?

**दो** : तुम्हारा दिल बहुत कमजोर है विदेश मन्त्री **(हँसता है)** तुम्हें डर है कहीं तुम्हारा मन्त्रित्व न छिन जाये।

**तीन** : यह हम नहीं होने देंगे। अगर वह सचमुच जीतने लगे तो हम कुछ नकली नाटक खेलेंगे। हिंसा तथा उपद्रव की कुछ बनावटी घटनाएँ बनाकर यह प्रचार करेंगे कि विरोधी देश में अराजकता और अशान्ति फैलाकर चुनाव नहीं होने देना चाहते और चुनाव रोककर हम फिर उन्हें अन्दर ठूँस देंगे।

दो : बहुत खूब प्रचारमन्त्री!

चार : तुम्हारी कुटिल बुद्धि का हम लोहा मानते हैं।

स्त्री : तो फिर क्या विचार है युवराज? मन्त्रिगण! आम चुनाव कराये जायें न?

एक : अवश्य रानी माँ। लेकिन चुनाव मैं भी लड़ूँगा।

स्त्री : यह भी कोई कहने की बात है बुद्धू? पहले चुनाव...और फिर. ..

एक : बस-बस रानी माँ फिलहाल इतना ही काफी है।

स्त्री : मन्त्रिगण! चुनाव की घोषणा मैं खुद करूँगी। नागपाश हटा दिया जाय किन्तु इस तरह कि दोबारा आवश्यकता पड़ने पर फिर लगाया जा सके। प्रमुख विरोधियों को छोड़ दिया जाये किन्तु सुरक्षा के प्रबन्ध और भी कड़े कर दिये जायें। आने वाले संकट से हर पल होशियार रहा जाये। लोकतन्त्र में मेरे विश्वास और आस्था को देश-विदेश में पूरी तरह से प्रचलित किया जाये।

**(स्त्री दर्शकों की ओर पीठ कर खामोशी से पीछे जाकर नाग के फन के नीचे खड़ी होती है। उसके पीछे एक जाता है और उससे नीचे खड़ा होता है। दो तथा तीन मंच के अग्र भाग में दायें तथा बायें और चार एवं पाँच मंच के मध्य में। पाँच घुटनों के बल बैठा है, चार उसके पीछे खड़ा है। मंच पर पूर्ण अन्धकार है। केवल प्रकाश वृत्त उन्हें आलोकित करते हैं)**

दो : नागपाश हट गया।

तीन : लोगो भय से मुक्त हो!

चार : आम चुनाव हो रहे हैं।

पाँच : दो में से एक को चुनना होगा लोकतन्त्र या तानाशाही।

स्त्री : विजय हमारी होगी जनता हमारे साथ है।

एक : बीस अंकों का चमत्कार आपने देखा। पाँच अंकों का खेल देखा। अगर जीत हमारी हुई जो होनी ही है तो अंकों के ऐसे ही अनगिनत खेल-तमाशे हम और भी दिखाएँगे।

**दो** : जनता को अब क्यों समझाना—जनता सब कुछ जानती है।

**तीन** : जनता को अब क्यों बहकाना—जनता सब कुछ जानती है।

**चार** : जनता को अब क्यों फुसलाना—जनता सब कुछ ज़ानती है।

**(पाँच, दो और तीन की ओर अपने हाथ फैला देता है)**

**पाँच** : दूर खड़े हो, देख रहे क्या?
आगे बढ़ो और मिल जाओ,
अगर हटानी तानाशाही।
आओ अपने हाथ मिलाओ।

**(दो और तीन बढ़कर, पाँच के हाथों में अपने हाथ दे देते हैं)**

**दो** :
**तीन** :
**चार** :
**पाँच** :
**(एक स्वर में)**
भूलो अपने स्वार्थ और हित,
अपने दल का मोह भी छोड़ो।
ज़नता के बन, जनता को ले,
तानाशाही दुर्ग को तोड़ो।

**(एक-दूसरे का हाथ थामकर अर्द्धचन्द्राकार वृत्त बनाते हैं)**

**स्त्री** : **(बेचैनी से)** वे लोग एक होकर मुझे हटाना चाहते हैं। यह षड्यन्त्र सिर्फ सत्ता पाने के लिए है। लेकिन ऐसे लोग जिनके सिद्धान्तों और नीतियों में बुनियादी फर्क है, जमीन-आसमान का अन्तर है उनकी सरकार अगर बन भी जाती है तो कितने दिन चलेगी? ऐसी खिचड़ी सरकार आपस में ही लड़ मरेगी। और देश में अव्यवस्था तथा अशान्ति फैल जायेगी विदेशी हमले होंगे। देश गुलाम हो जायेगा।

**एक** : **(उतावली से)** इसलिए आजादी, अधिकार, उन्नति के लिए आपको हमें चुनना ही होगा यह महारानी का हुक्म और हमारा यानी युवराज का आदेश है। इसे न मानने पर आप अच्छी तरह से जानते हैं कि हम आपकी क्या-क्या सेवाएँ कर सकते हैं!

**(दो, तीन, चार और पाँच पंक्तिबद्ध हो प्रेक्षागार में**

**दर्शकों के बीच घूमने लगते हैं। स्त्री और एक मंच के बीचोंबीच आ जाते हैं)**

**दो** : जनता अब भयभीत नहीं है।

**तीन** :
**चार** : } ताकत अपनी जानती है।
**पाँच** :

**दो** : अब न चलेगी तानशाही–

**तीन** :
**चार** : } जनता खुद ललकारती है।
**पाँच** :

**दो** : शत्रु कौन है मित्र कौन है–
जनता सब पहचानती है।

**स्त्री** : **(उत्तेजित सी)** गरीबी हम हटायेंगे।

**एक** : **(उत्तेजना के साथ)** बीस सूत्री-पाँच सूत्री–

**स्त्री** : समाजवाद लायेंगे।

**एक** : बीस सूत्री-पाँच सूत्री–

**स्त्री** : नागपाश-नागपाश!

**एक** : मीसा और डी.आई.आर.

**(दो, तीन, चार और पाँच दर्शकों के बीच पूर्ववत् घूमते हैं)**

**दो** : भूल जाओ काले कानून–

**तीन** :
**चार** : } जनता माँगे रोटी दो जून।
**पाँच** :

**दो** : काला मुँह कर कुर्सी छोड़ो–

**तीन** :
**चार** : } और न दम जनता का तोड़ो।
**पाँच** :

**दो** : नागपाश अब नहीं चलेगा–

**तीन, चार, पाँच :** अपने चंगुल आप फँसेगा।

**स्त्री :** **(व्याकुलता से)** साड़ी, कम्बल, पैंट, पतलून, पैसा-पैसा-पैसा!

**एक :** गोली चली—बचाओ-बचाओ।

**स्त्री :** मेरा मुन्ना-मेरा बेटा—

**एक :** मेरी मम्मी-मेरी माँ-रानी माँ।

**स्त्री :** मैंने यह किया, मैंने वह किया मेरा युवराज, देश का चिराग—जलाओ- जलाओ।

**एक :** गोली चली—बचाओ-बचाओ।

**स्त्री :** देश का चित्रण—
जलाओ-जलाओ।

**एक :** गोली चली—बचाओ-बचाओ...

**स्त्री :** देश का चिराग—

**एक :** गोली चली।

**स्त्री :** जलाओ-जलाओ।

**एक :** बचाओ-बचाओ।

**(मंच की ओर दो, तीन, चार और पाँच वापस लौटने लगते हैं)**

**दो :** बन्द करो यह नाटकबाजी—

**तीन, चार, पाँच :** जनता इनसे ऊब चुकी है।

**दो :** छोड़ो यह सब घपलेबाजी—

**तीन, चार, पाँच :** जनता इनमें डूब चुकी है।

**दो :** इसे उठा कर बाहर फेंको—

**तीन, चार, पाँच :** घड़ा पाप का फूट चुका है!

**(मंच पर पहुँच कर स्त्री और एक के इर्द-गिर्द घेरा बनाते हैं)**

**स्त्री और एक व्याकुलता से इधर-उधर भागते हैं। क्रमशः घेरा कसता जाता है। घेरे के अन्दर पहले वे दो के पास जाते हैं)**

**दो** : **(ठहाका लगाकर)** एक लाख बीस हजार।

**(सभी अट्टहास करते हैं। स्त्री और एक भयभीत होकर तीन के पास जाते हैं)**

**तीन** : **(ठहाका लगाकर)** एक लाख चालीस हजार।

**(सभी अट्टहास करते हैं। स्त्री और एक भयाक्रान्त हो चार की ओर मुड़ते हैं)**

**चार** : **(ठहाका लगाकर)** एक लाख पैंसठ हजार।

**(सभी अट्टहास करते हैं। वे पाँच की ओर से निकलना चाहते हैं।**

**किन्तु पाँच तेजी से हाथ फैलाकर रास्ता रोक देता है। वे सभी एक-दूसरे का हाथ मजबूती से थामकर घेरा बन्द कर देते हैं। स्त्री सहम कर चीख पड़ती है)**

**स्त्री** : नहीं ऽऽऽ...

**(एक दोनों हाथों से सिर थाम लेता है)**

**एक** : ओफ! यह क्या हुआ!

**(वे चारों अट्टहास करते हुए घुटनों के बल बैठ जाते हैं किन्तु एक-दूसरे के हाथों को पकड़े हुए। प्रकाश सीमित हो जाता है)**

**दो** : **(ऊँचे स्वरों में)** ओ काले कानूनों की देवी!

**तीन** : **(उसी प्रकार)** तुम्हारा जादू खत्म हो गया।

**चार** : **(उसी प्रकार)** इतिहास बदल गया।

**पाँच** : **(उसी प्रकार)** काल बदल गया।

**चारों** : **(एक स्वर में)** सत्ता में रह कर के जो,
सत्ता का करते दुरुपयोग
और निरंकुश शासन द्वारा–

जनता का पीते जो खून
उनका ऐसा 'अन्त' लिखा है,
अन्त, जो बिलकुल निश्चित है–
नागपाश उनका जहरीला
उनको ही डस लेगा आखिर
जकड़ कुंडली में अपनी
ले जायेगा उन खँडहरों में
जहाँ गुजरने वाली नस्लें
आते-जाते थूकेंगी
फेंकेंगी पत्थर यह कह कर
एक तानाशाह हुआ करता था।

**स्त्री** : **(चीख पड़ती है)** अँधेरा–घोर अँधेरा...

**एक** : उजाला करो।

**स्त्री** : प्रकाश दो।

**एक** : अँधेरा–घोर अँधेरा...

**स्त्री** : उजाला करो।

**एक** : प्रकाश दो।

**(वे बारी-बारी से खड़े होते जाते हैं)**

**दो** : खामोश!

**तीन** : अँधेरा बेहतर है।

**चार** : अँधेरा रहने दो।

**पाँच** : उजाले में असलियत खुल जायेगी।

**(खड़े होकर पंक्तिबद्ध चलते हुए पीछे वाले अर्द्धचन्द्राकार प्लेटफार्म की ओर पहुँच जाते हैं।**
**एक अपने स्थान पर घुटनों में सिर छुपा कर बैठ जाता है। स्त्री उसके चारों ओर वृत्ताकार घूम कर उसके पीछे खड़ी हो जाती है)**

**स्त्री** : **(दर्शकों से)** शासन बदला।
सत्ता बदली
सरकार नयी एक बनी–

और बिगड़ी कोई।
लेकिन यह भी सच है

**(स्त्री के शाब्दिक अर्थों के अनुसार वे सभी मूकाभिनय करते हैं)**

**स्त्री** : (दर्शकों से) उनसे कुछ कल्याण हुआ न जनता का जो अब तक बैठे थे गद्दी पर—

**(एक हारे हुए खिलाड़ी की तरह मंच से चलने की मुद्रा में)**

**स्त्री** : और, इनसे भी क्या होगा 'कुछ'
जो अब बैठे हैं आकर?

**(दो पीछे प्लेटफार्म पर राजसी ठाट के साथ बैठ जाता है)**

**स्त्री** : न उनसे
न इनसे
और न ही उनसे
जो आगे आस लगाये हैं।

**(तीन, चार और पाँच पंक्ति में बेचैनी से दो के उठ जाने की प्रतीक्षा की मुद्रा में)**

**स्त्री** : **(ठहाका मारकर हँसती है)**
फिर
कौन सुनेगा जनता की?
कब तक करे प्रतीक्षा जनता
क्या होगा अवतार कोई?

**(एक, दो, तीन, चार और पाँच अपनी-अपनी मुद्राएँ भंग कर स्त्री के चारों ओर घूमने लगते हैं)**

**सभी** : **(एक स्वर में)**
न होगा अवतार कोई
न करनी होगी प्रतीक्षा
जब खोलेगी आँखें अपनी
शक्ति अपनी पहचानेगी
और कमर कस

डट जायेगी
अन्यायी सत्ता के आगे
जनता खुद अवतार बनेगी!
जनता खुद तलवार बनेगी!
अपना शासन आप करेगी!

**(क्रमशः मंच अन्धकार में डूब जाता है किन्तु उनके समवेत स्वर अँधेरे में गूँजते रहते हैं।)**

❑❑❑